坂本勤 絵ことば集

おっとどっこい

もくじ

おはよう
いつもと同じ
朝だね.

おはよう。
今日もいつもと同じでうれしいね。
いつまでも
いつもと同じが
続くといいなあ。

ぼく つらいことが
いっぱい あるんだ.

どんなことも　時が　こえさせてくれるものさ．
明日「このこと」は「あのこと」になって
少し　心から遠くなるんだ．
時はだれにでも　やさしいのさ．

忘れては
いけないことって
なにって、

忘れては
いけないことは何かって
考えることを
忘れる
ことさ。

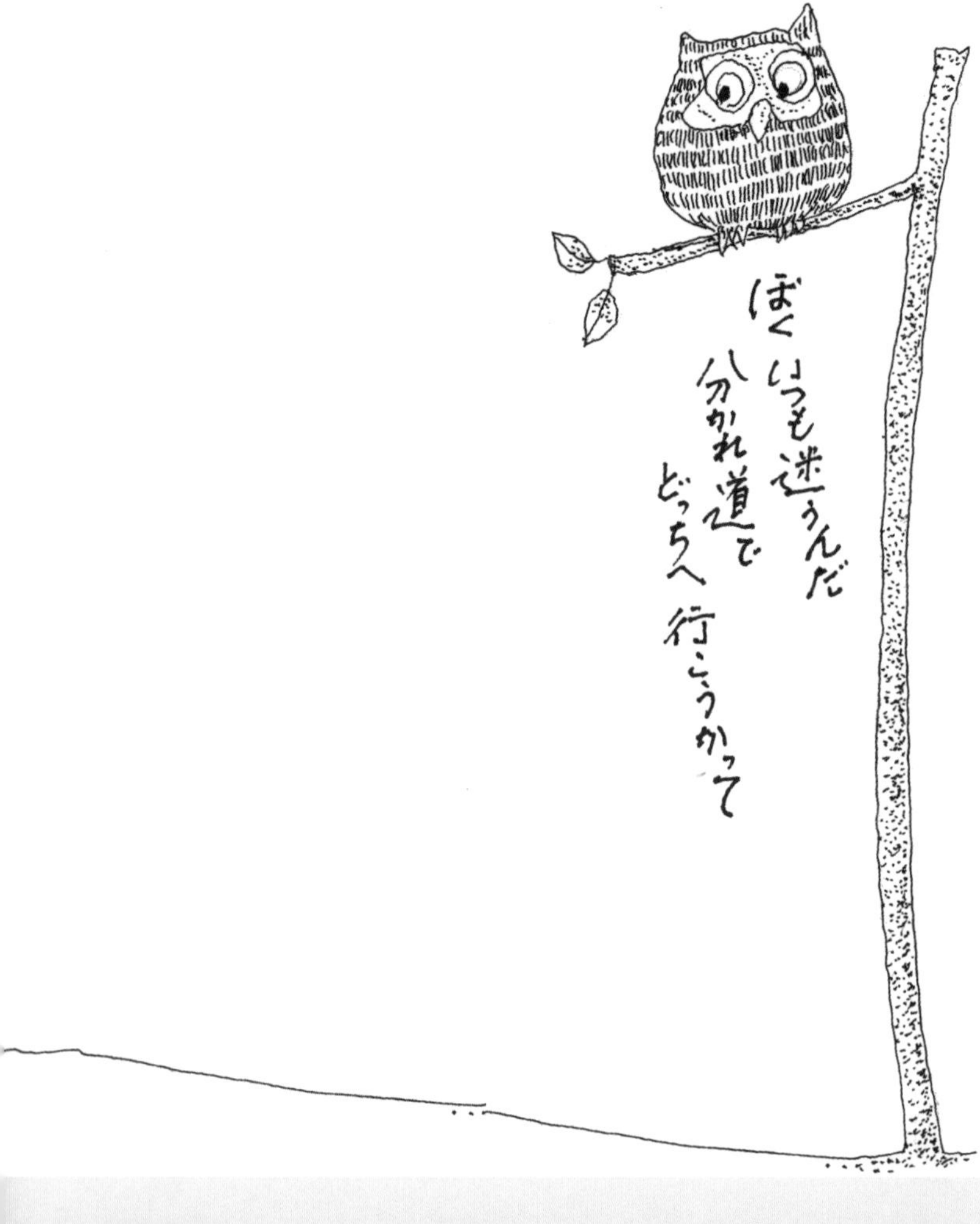

ぼく いつも迷うんだ
分かれ道で
どっちへ 行こうかって

二つの道があったら
自分にとって むずかしいと
思う方を選ぶといい。
どちらも むずかしいって思ったら
どちらが 弱い者を
大事にしているかを考えて
選んだら いいと思うよ。

颪

揺れる心

台風の朝。
自転車の背中で、
少女はお父さんの腰に
しっかりと手をまわしていた。
鋭い目で颪をにらんで。

星を見た。
風の詩を聴いた。
そんなことで
心のつながる
ゆるやかな
ゆるやかな
世界を
ゆめみています。

無茶だって
わかってる
だけど
やってみたいんだよ
おかあさん

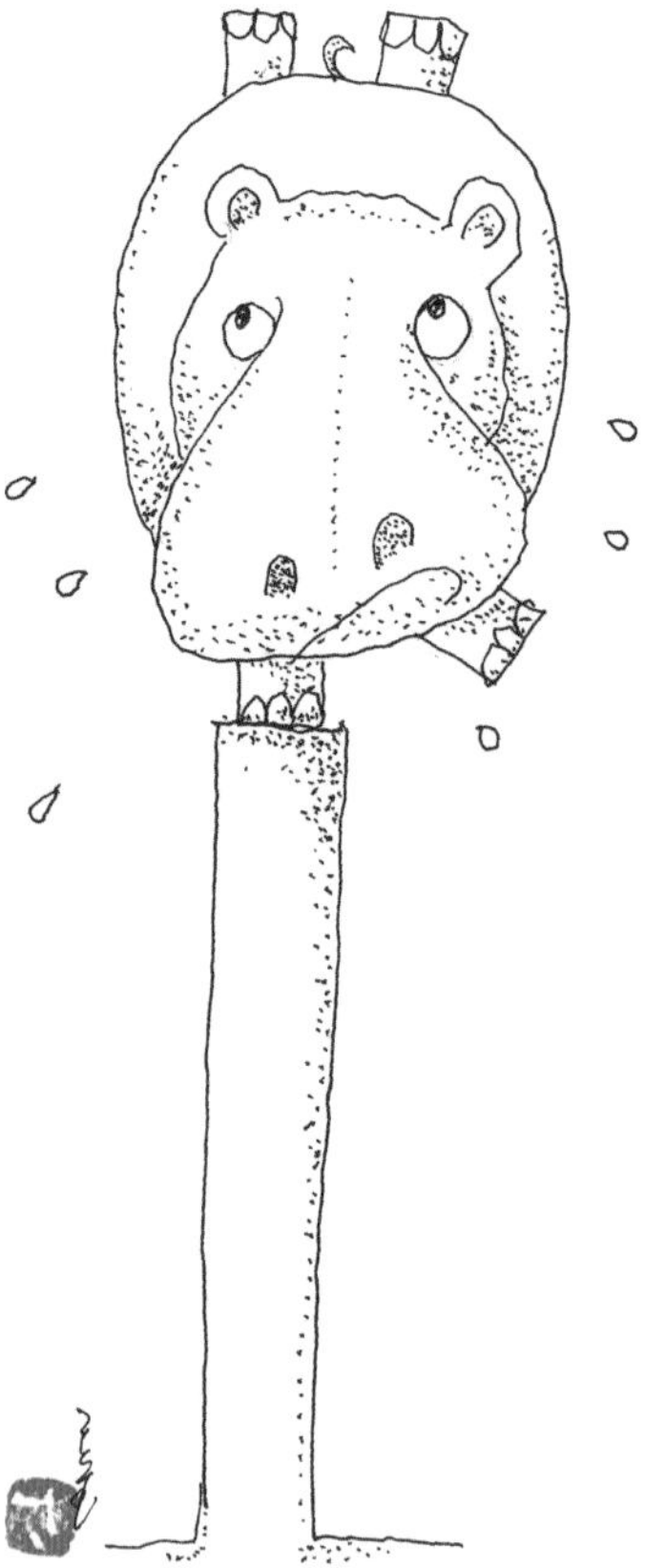

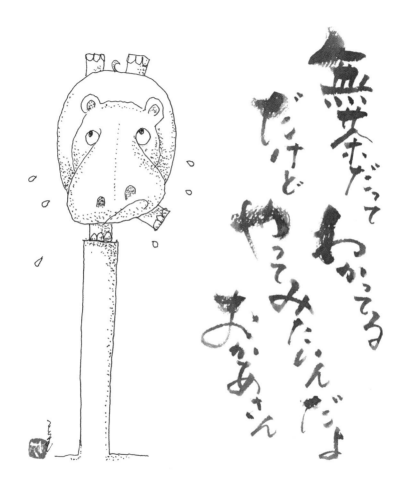

はらはらしながら
見守る
それも
しあわせ

ちょっとあぶないこと
どきどきしながら
やってる
それを黙って
見守ってもらえる
しあわせ

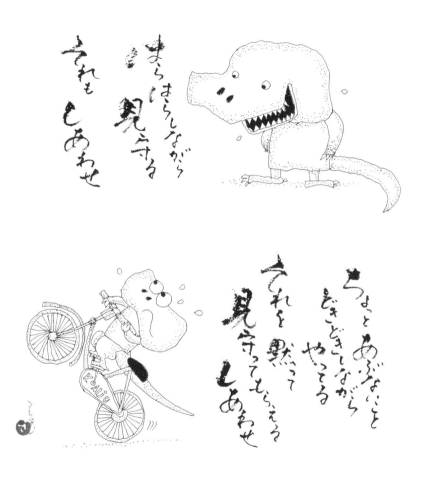

そのまんまが いいと
言われた朝。
肩から力がぬけた。
自然体で生きてみようと
思った。
ゆるやかな風を感じた。

もっとゆったり
人の目を気にせず
生きたいと思った

つたの葉が
風にゆれた日

わからないことが
いっぱい

だから
いつも
心は少年に
なる

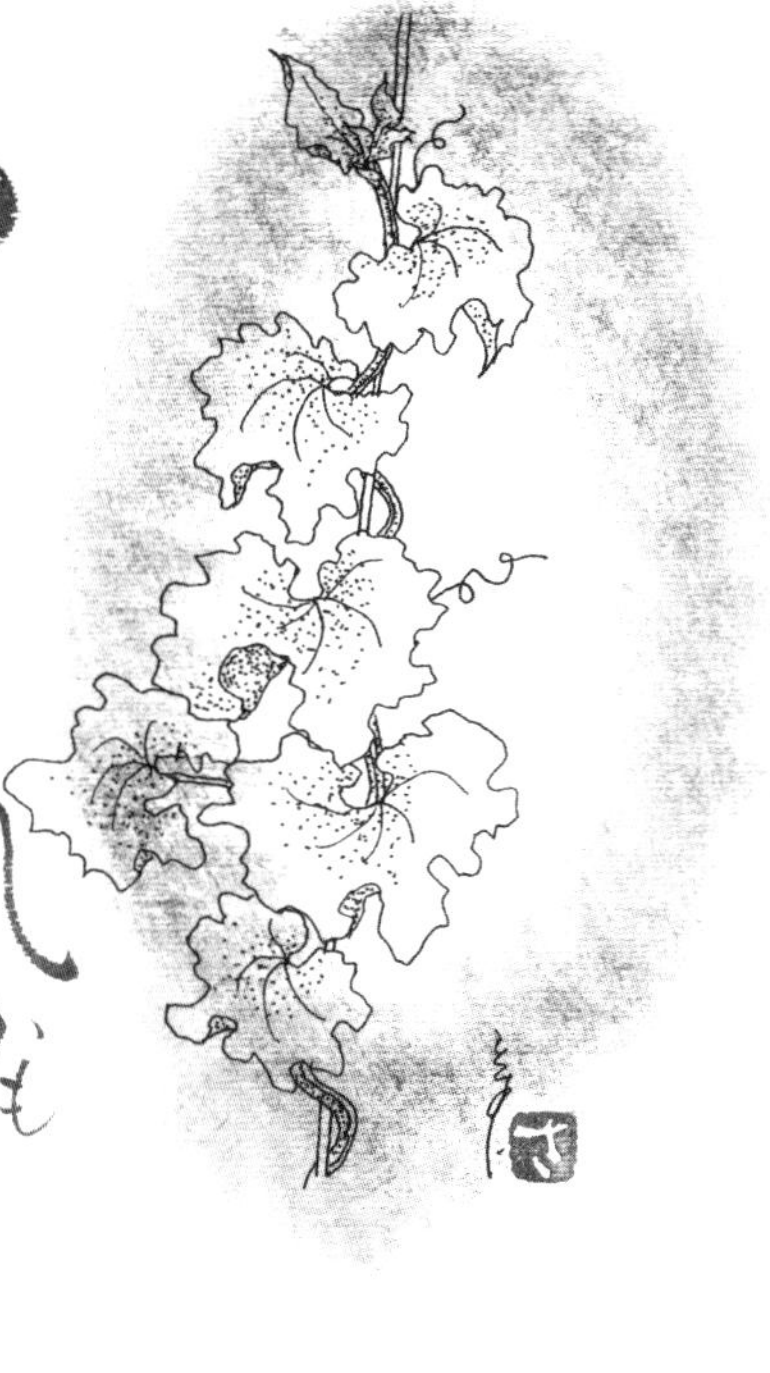

やさしさは風かも
しれない
なんだかからだが
軽くなっていくような
気がするから

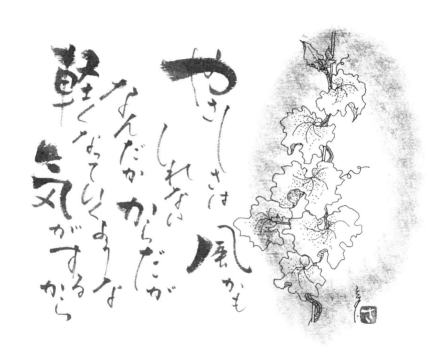

風にゆれる
葉の上を
朝の露が
ころがりながら
光った

ふっと心が
すきとおっていく

まっすぐに伸びた
茎が折れた
そこから新芽が
すくっと伸びた

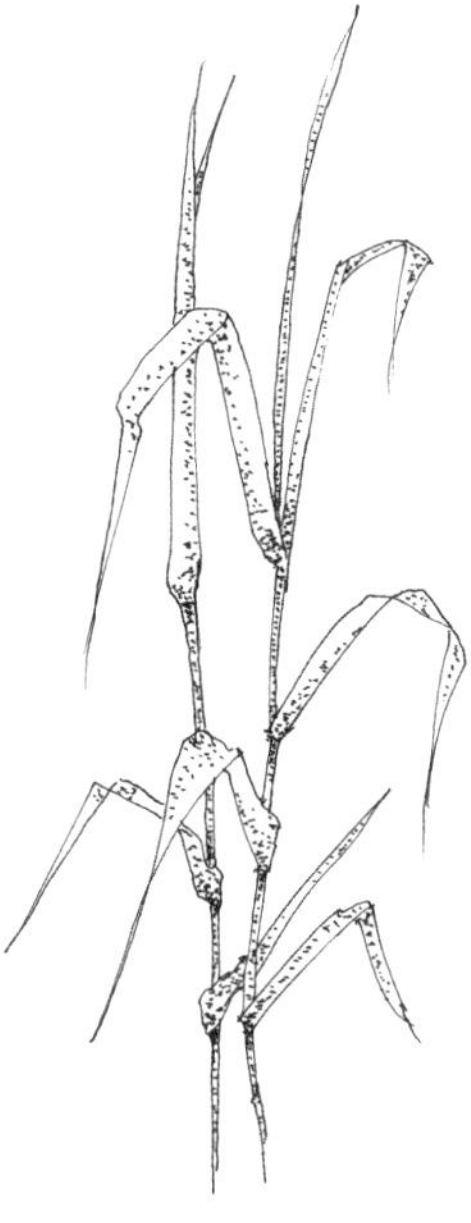

一歩踏みだす

どうやって この川を渡ればいいんだろうって
ばかり考えてしまうけど
渡るべき川で あったのかどうか
立ち止まって 考えてみるのも
大事だよ.

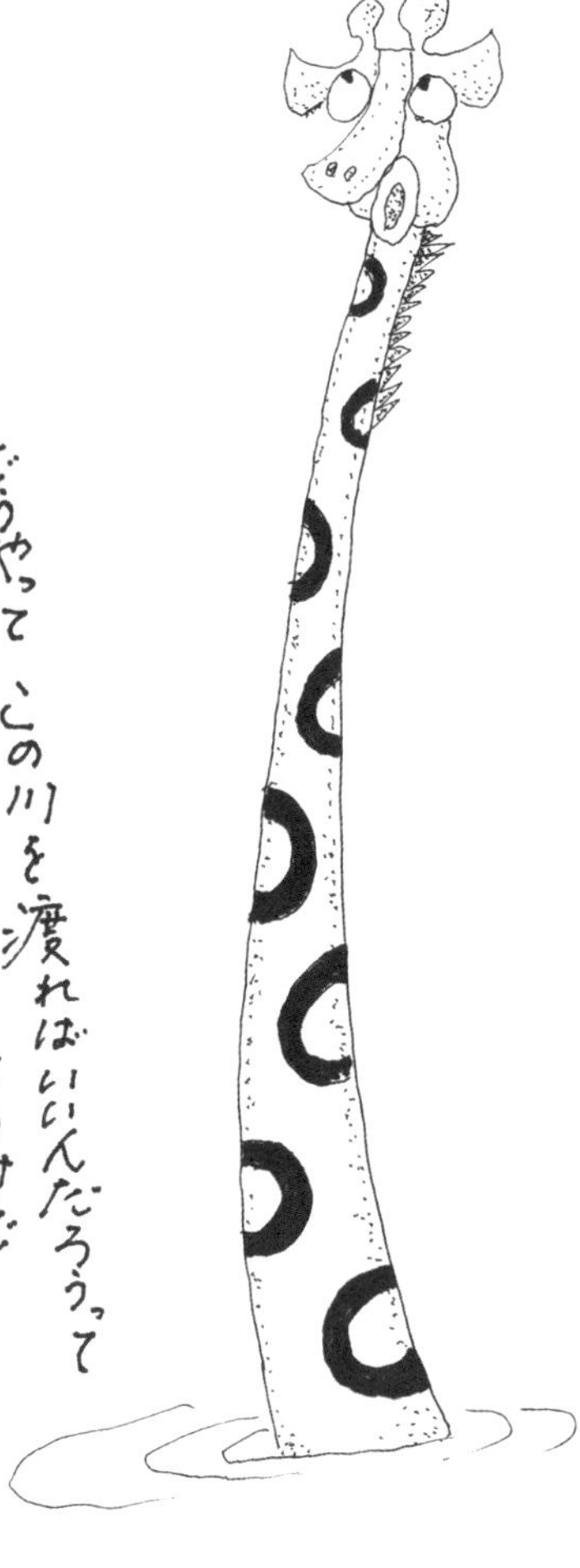

人生で
今日が 一番
新しい日

わくわくしながら
生きたいな。

つとむ

しあわせだから
いつも
笑ってるの？
いや、
笑っているから
しあわせ
なのさ。

自分の苦手な
人の中に
自分の
そのまんまが
映って
いました

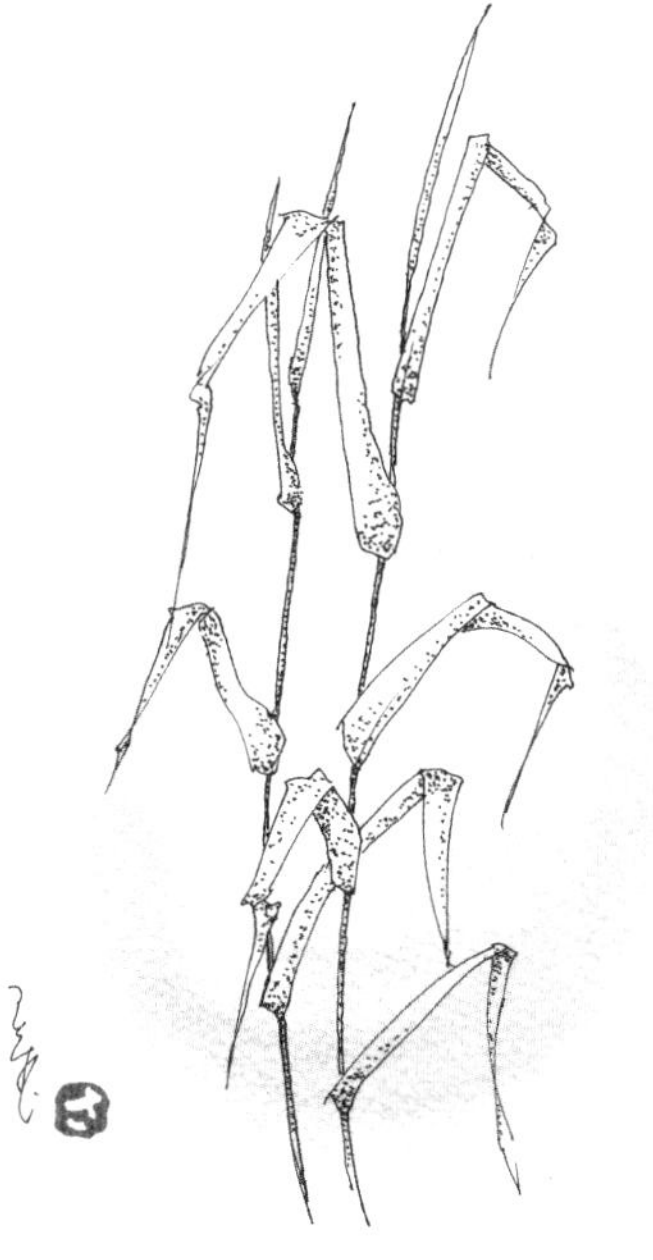

くじけたことを
しっかりと
みとめたとき、
たちあがる
しなやかさが
うまれるような
きがする

さわやかな風が流れていると
感じることのできた朝を
しあわせと思う

ゆれながら
ゆれながら
生きています
無器用に
でも
一生懸命

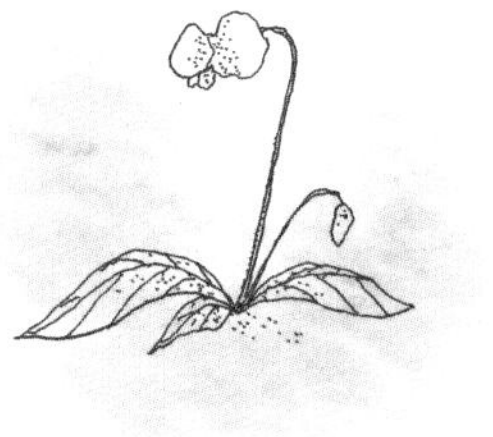

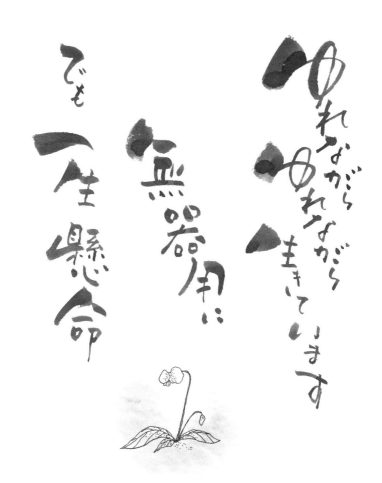

のんびり空を
見あげる
ゆとりが
心の中に
風の道を
つくる
ゆるやかに
人と
つながる
ための

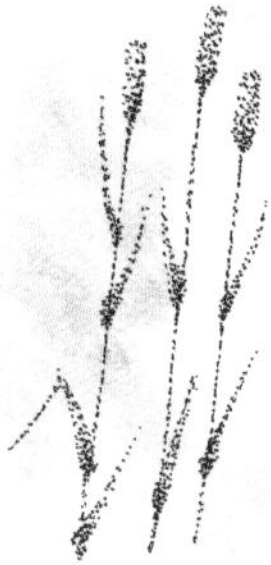

風を
自分の
心に
とどける

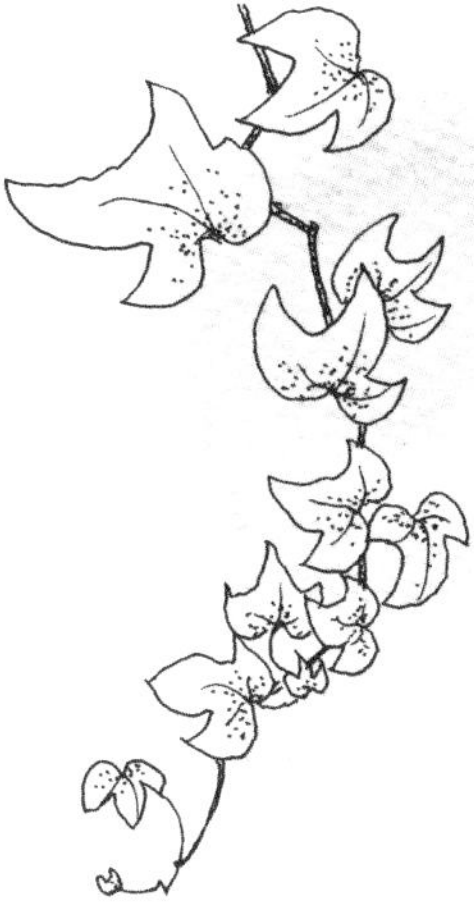

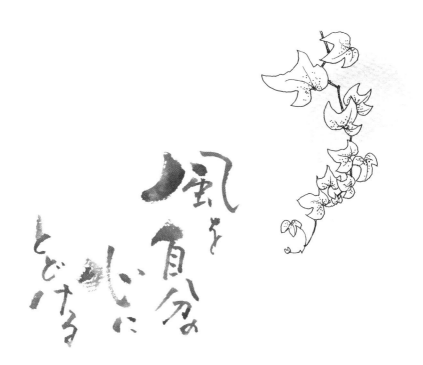

母

想う心

あなたが泣いた日、
僕は泣かなかった。
雨の中、大声で歌った。
のどがひりひりした。

見守るしあわせ
見守られるしあわせ

母の声は
野を流れる
風になりました。

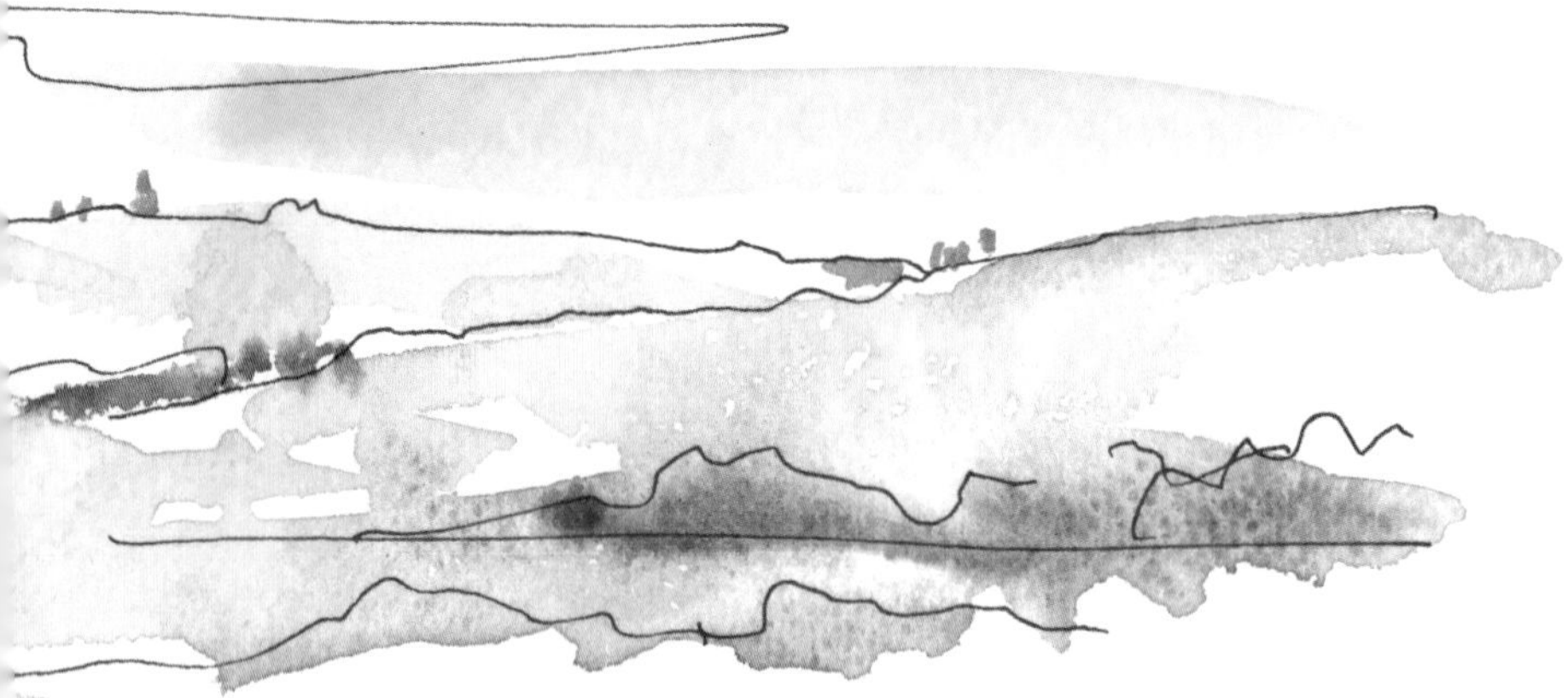

木の葉を
小さく
ふるわせて
静かに
心を
伝えていきます。

耳を
すますと
かすかに
声が聞こえ
ます。

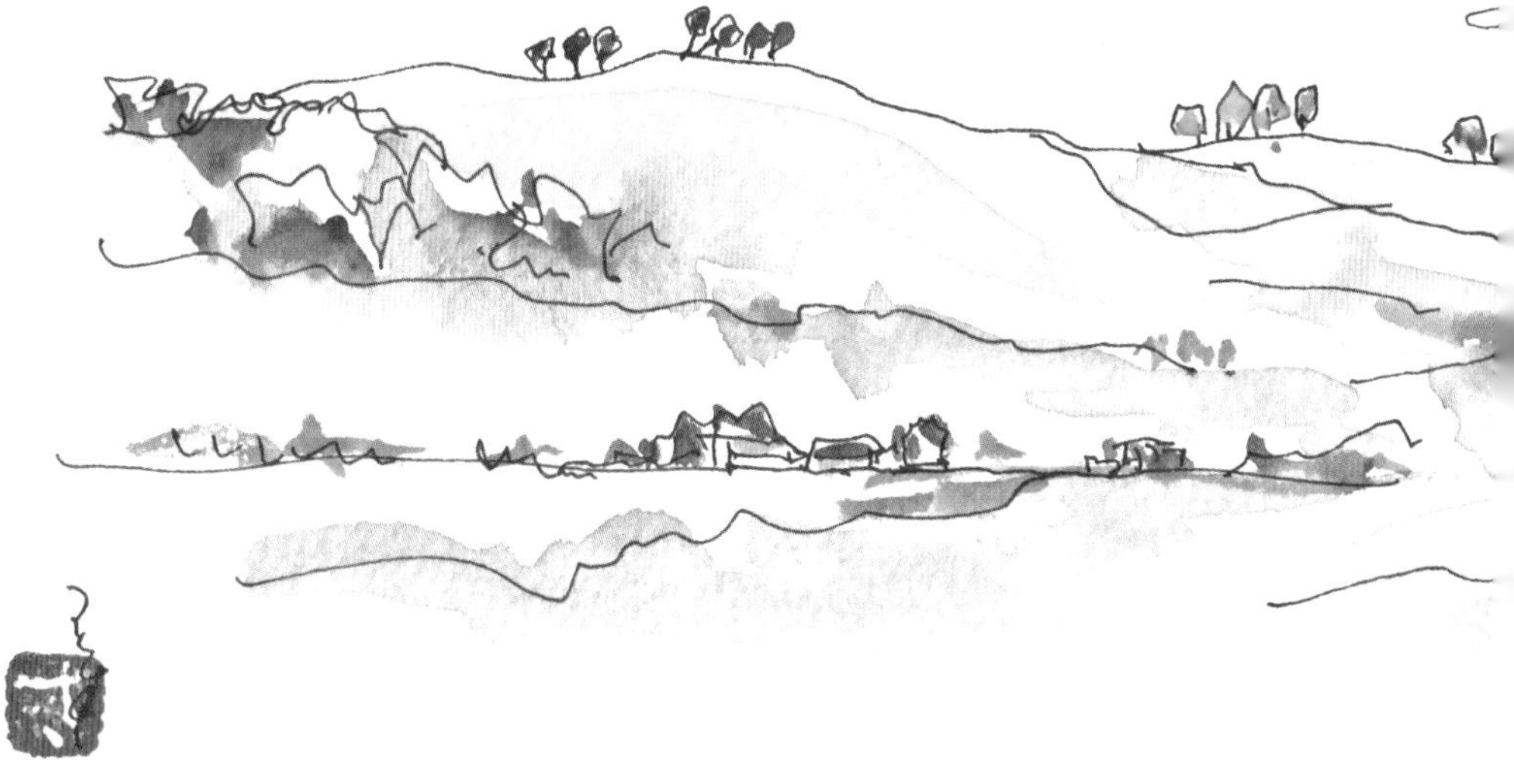

少年の日の
夕焼けと母の背。
追憶の夕焼けは
赤さを ましていくのに
母の背は 遠く小さな
夕ずつになって またたいている。

とうきびに
つまっている
ふるさとと
あったかい
母のにおい

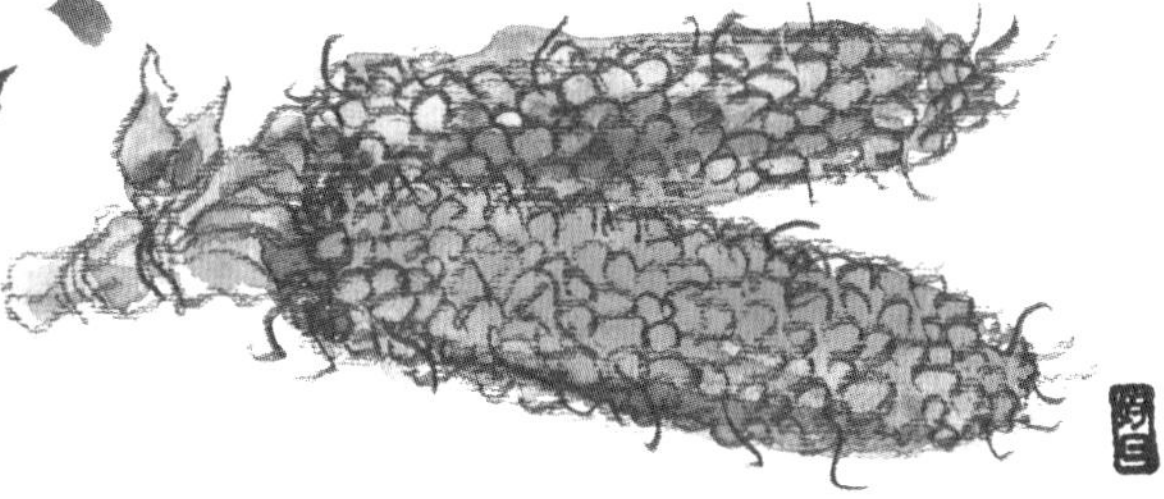

悲しいとき
あなたは
ちょっぴり泣いて
笑った。

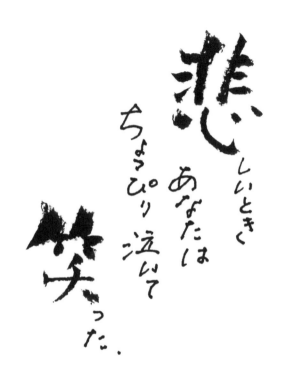

うれしいときく
あなたは
ちょっぴり笑って
泣いた。

つとむ

なすが ころがってる。
それを見つけただけで
うれしい朝がある。

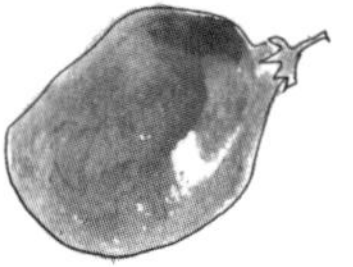

ピーマンが ころがってる。
それだけでも
笑いだしたくなる
昼もある。

おかあさんが
ころがって ねてる。
それだけでも
ゆったりする
夕暮れもある。

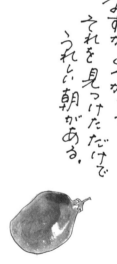

すきとおった母の風が
ゆるやかに　流れてきます。
あったかくて
ほんのすこし
なみだいろをした。

どうしても
きらいな 相手に
どんな行動を
とったら いいのかなあ.

どんなにきらいでも
あいさつはする。
困っているようだったら
手助けはする。
これは
一緒に 生きている
ものの 最低の
マナーだと
思うよ

ぼく みんなと ちがう
生き方をしたいんだ.

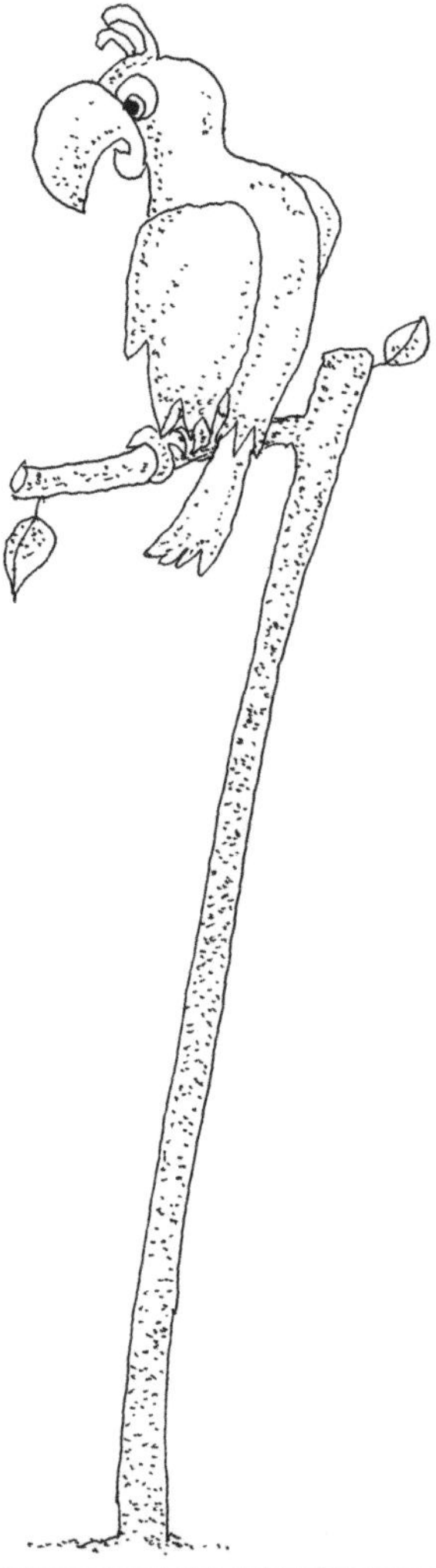

自分らしい生き方を
考えるのは
大事なことさ.

でも みんなと同じような
生き方を
自分の意思で 選んだら
それも やっぱり
自分らしい 生き方だと
思うよ.

正しいことか
まちがったことか
考えて行動しろって
いつもナマズに
いわれるんだ。

それもだいじな ものさしだ。
だけど それは 相手にとって
やさしいことか
やさしくないことか
美しいことか
美しくないことかって
考えるものさしは
もっと だいじだよ。

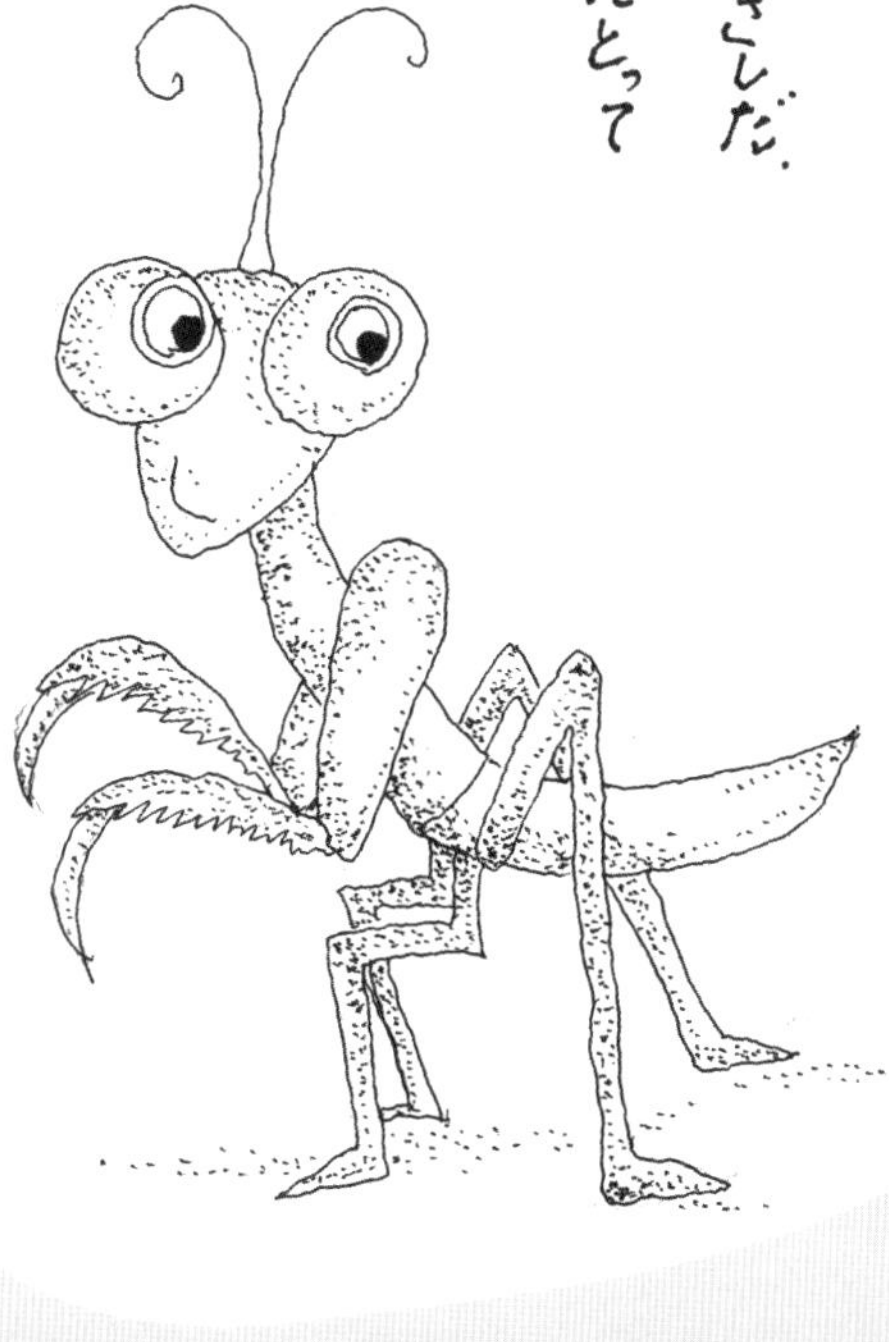

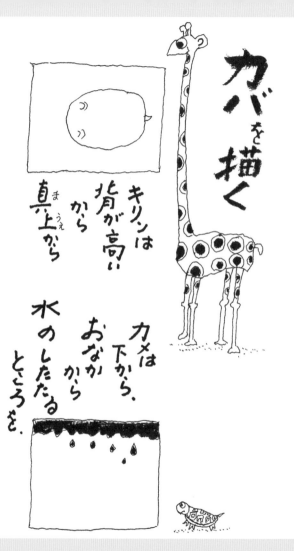

カバを描く

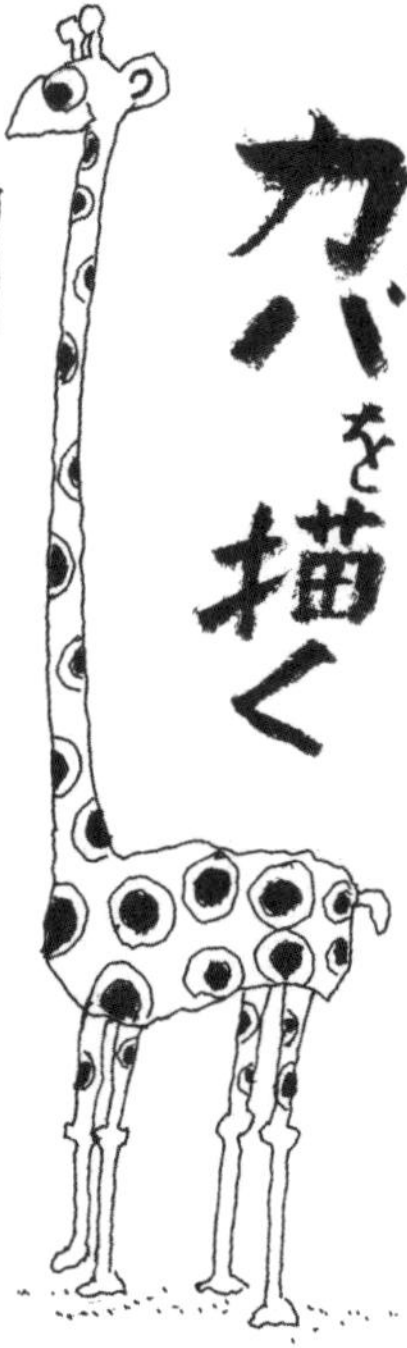

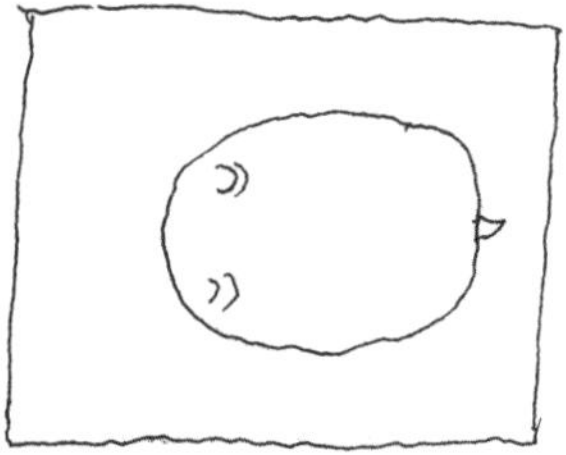

キリンは
背が高いから
真《ま》上《うえ》から

カメは
下から、
おなかから
水のしたたる
ところを。

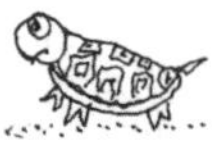

ふたごの
うさぎ
白うさぎは
正面から
写実的に

黒うさぎは
感じた
気持ちを
はげしく
形に
とらわれず。

花

美しい心

ねじり花を見つけた。
一面のシロツメクサの中に
ひっそりと。

人にやさしくなれたらいいなと
思えるだけで
すてきです.

その思いは
いつか ひっそりと花をさかせる
ちいさな芽になるはずですから.

朝の
露の
にあう
花です
母の涙に
にて
ひそやかです

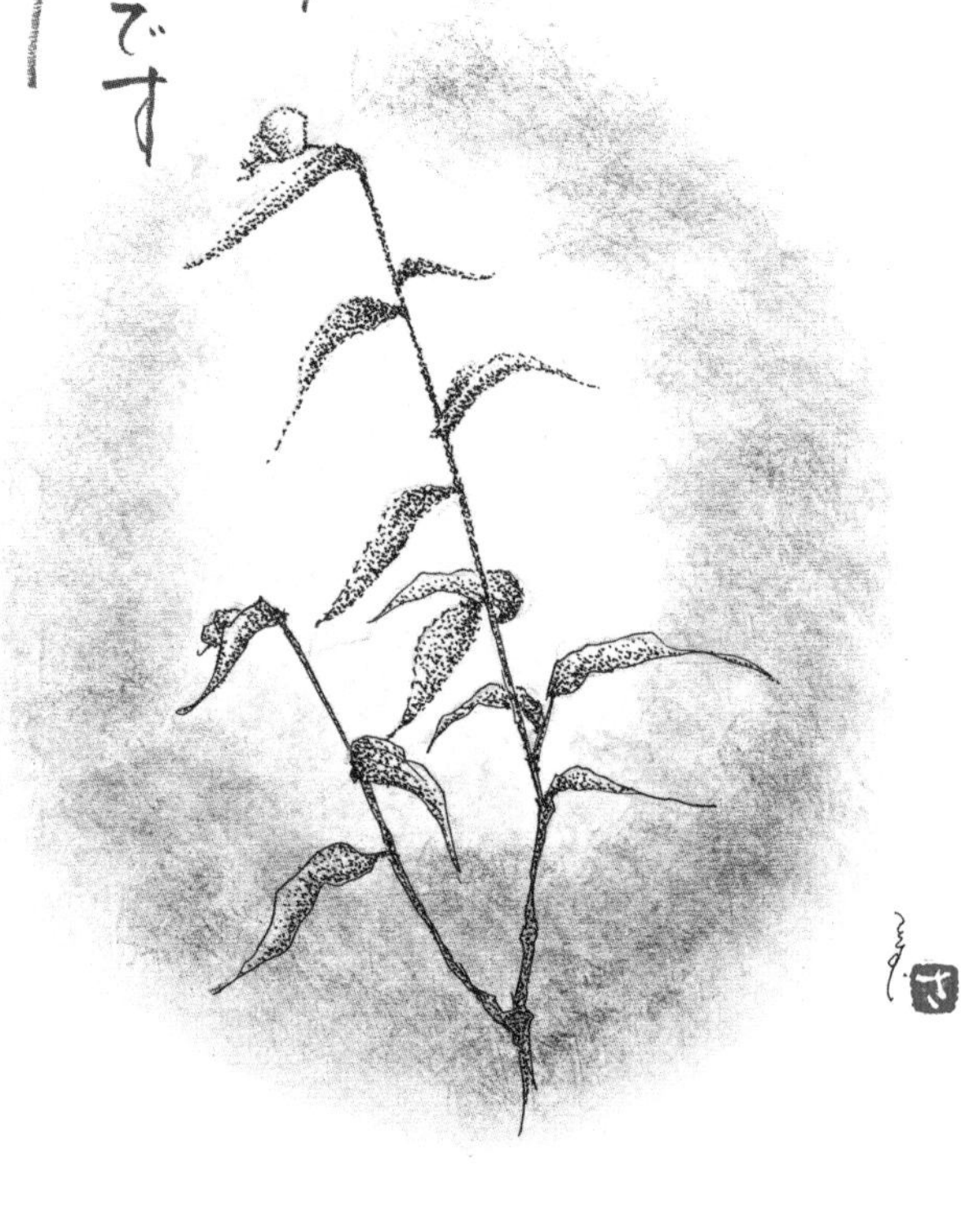

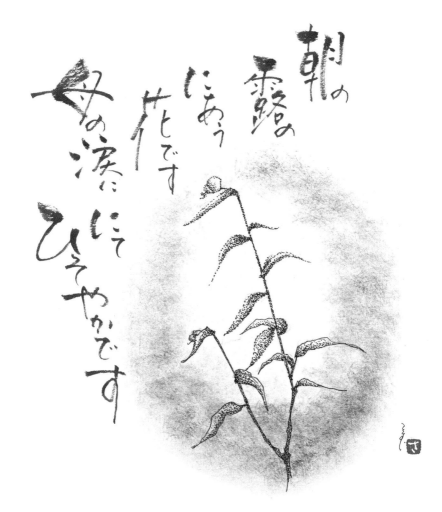

まっすぐに伸びてる
まがってもいいのに

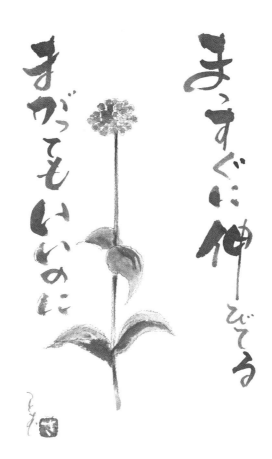

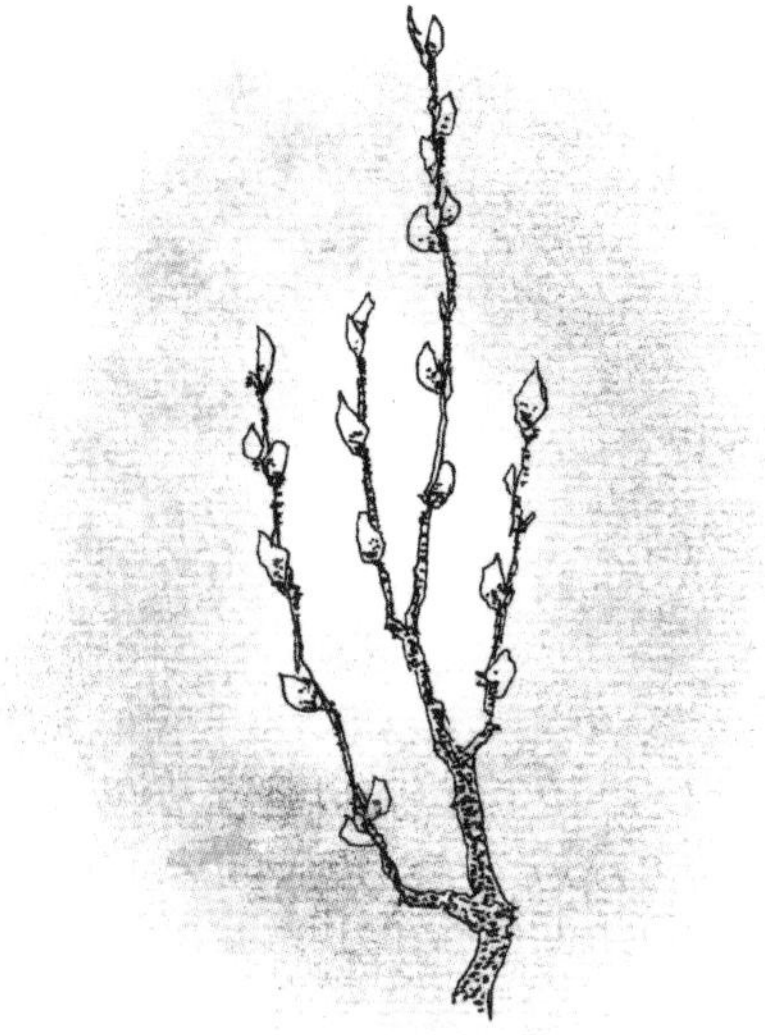

美しいものを
美しいと思える
心をありがとうと
母に心の手紙を
書きました

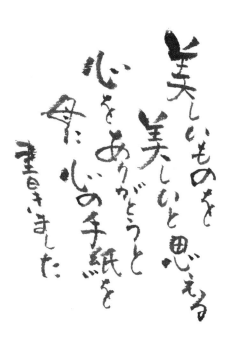

深い山あいの
枯れ笹の中に
うすももいろ
の花をつけ
黙って風に散った
しらねあおい

つとむ

心は
ことばの
織りもの
です

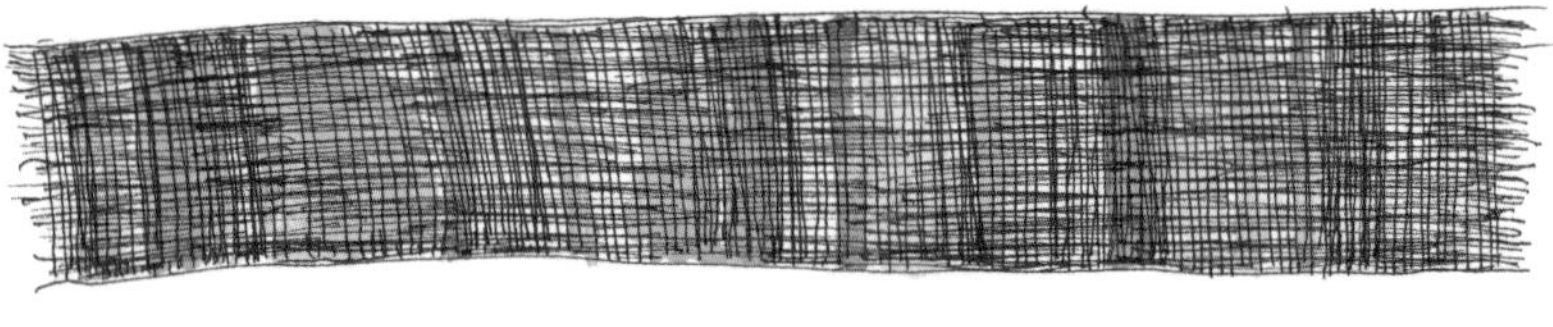

雑草と呼ばれ
雨にうたれている
いね科　めがまし

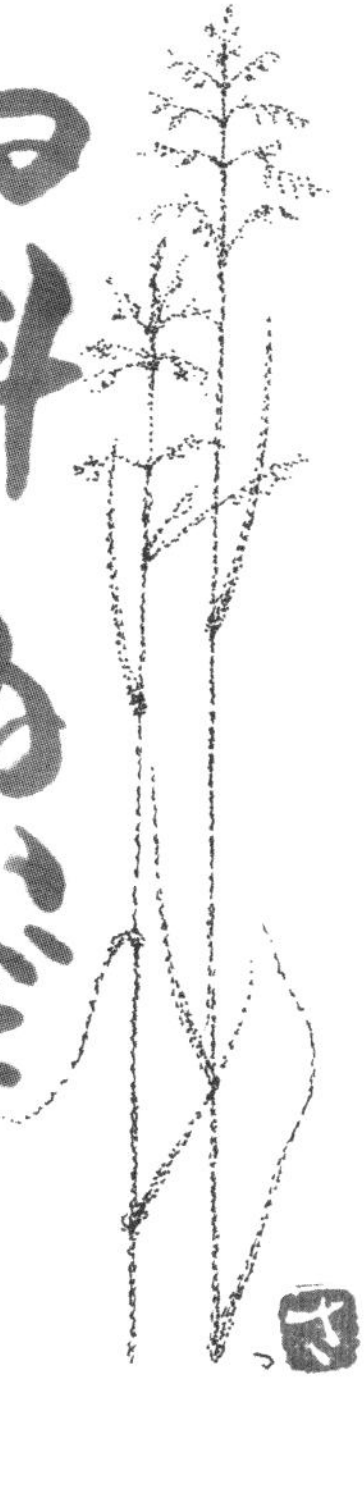

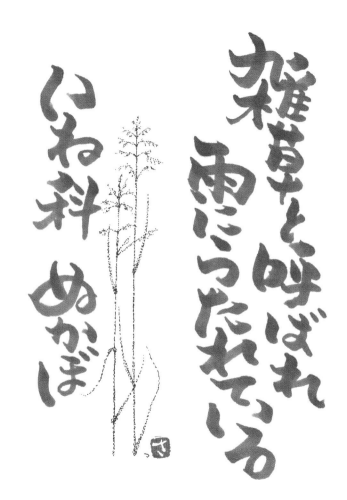

しあわせの種は
自分でまき、
水をやって
育てます
大切に 大切に

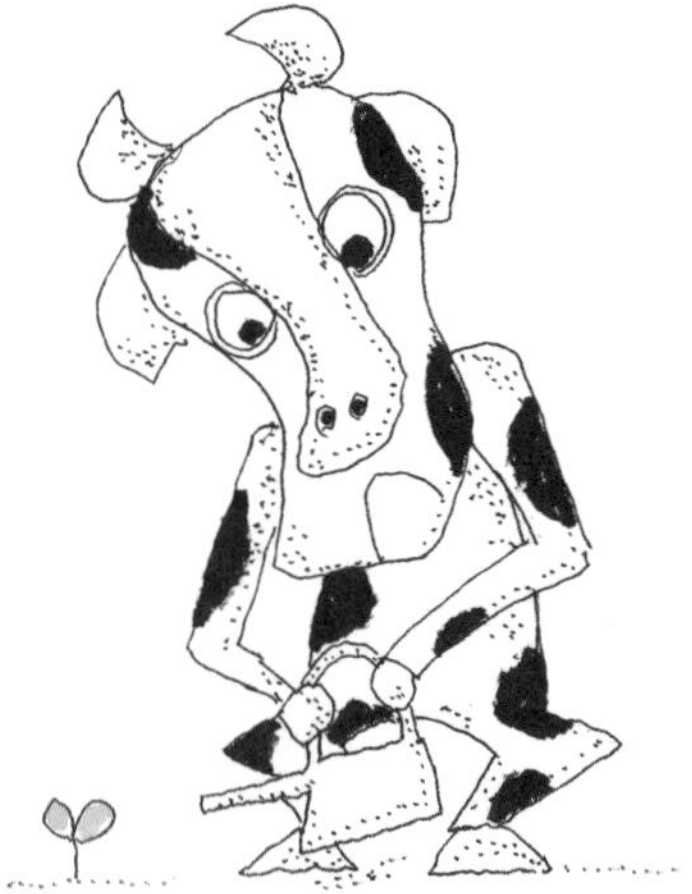

つとむ

美しいものが
そこにあるのではなく
美しいと思える
心がそこにあるのだ
と思います

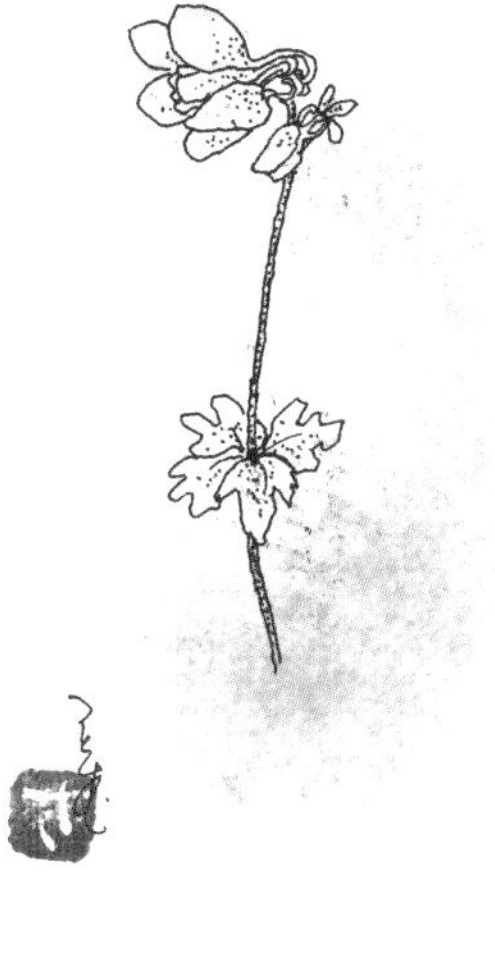

愛

優しい心

向き合って、
思いをぶっつけあいたくなる。
同じ方を、
黙って見つめることなのに。

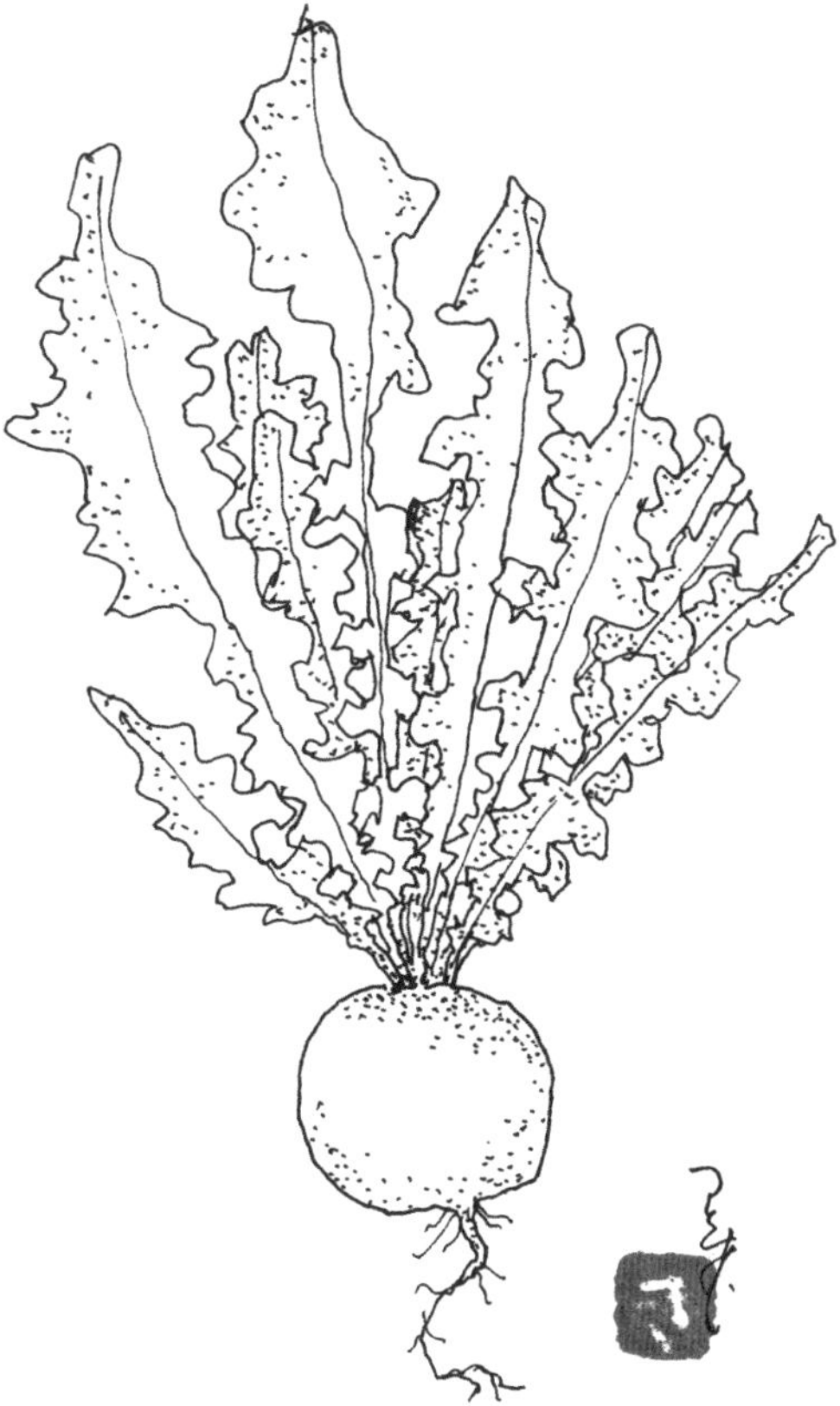

やさしさの芽が
心の中で
そっと出番を
待っている

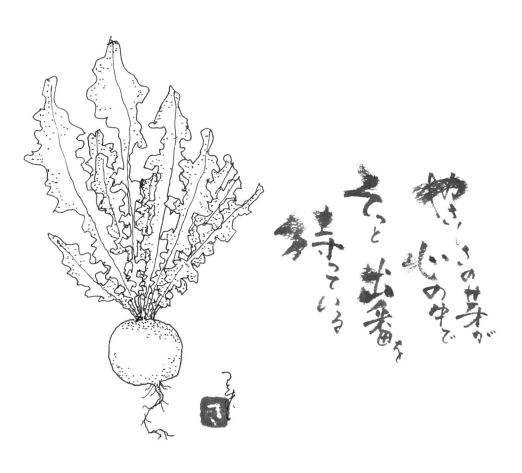

ゆっくり
ゆっくり
おいで。

心の奥深くまで届く
愛のおくりものは
きっと笑顔です

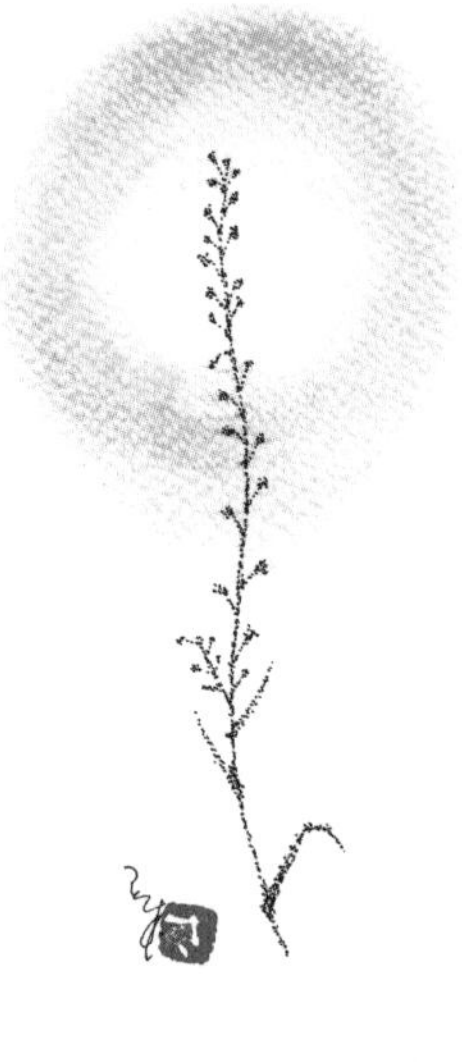

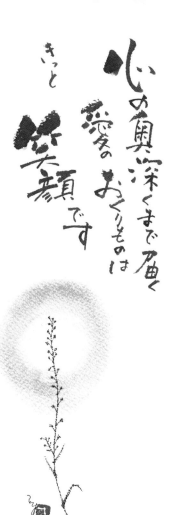

本当にやさしい人は
黙って苦しんでいる人に
よりそっている
ことのできる
力を持っている
ような気がする

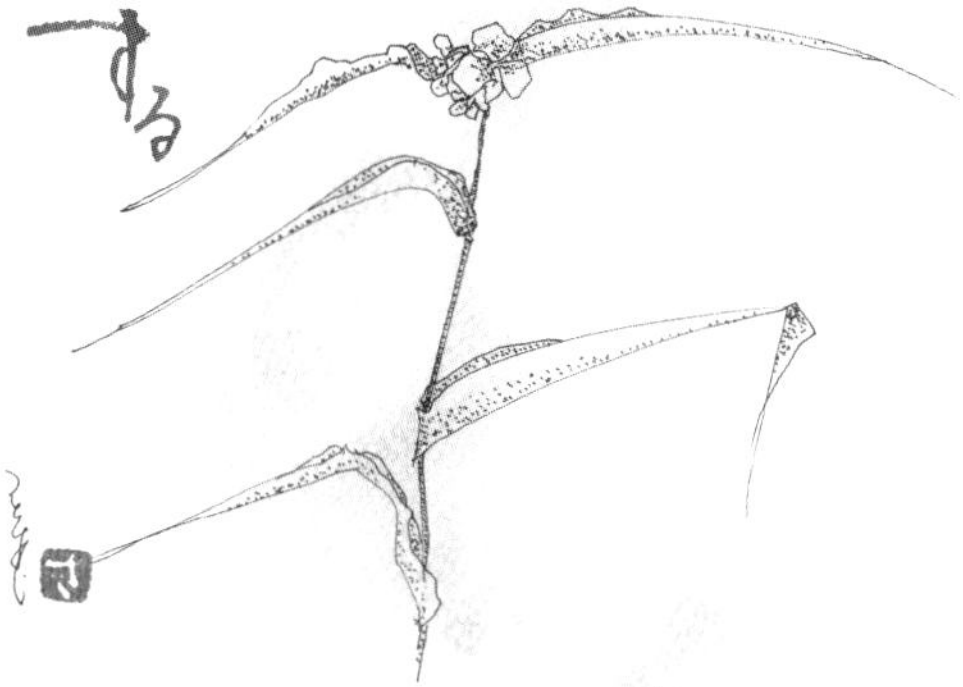

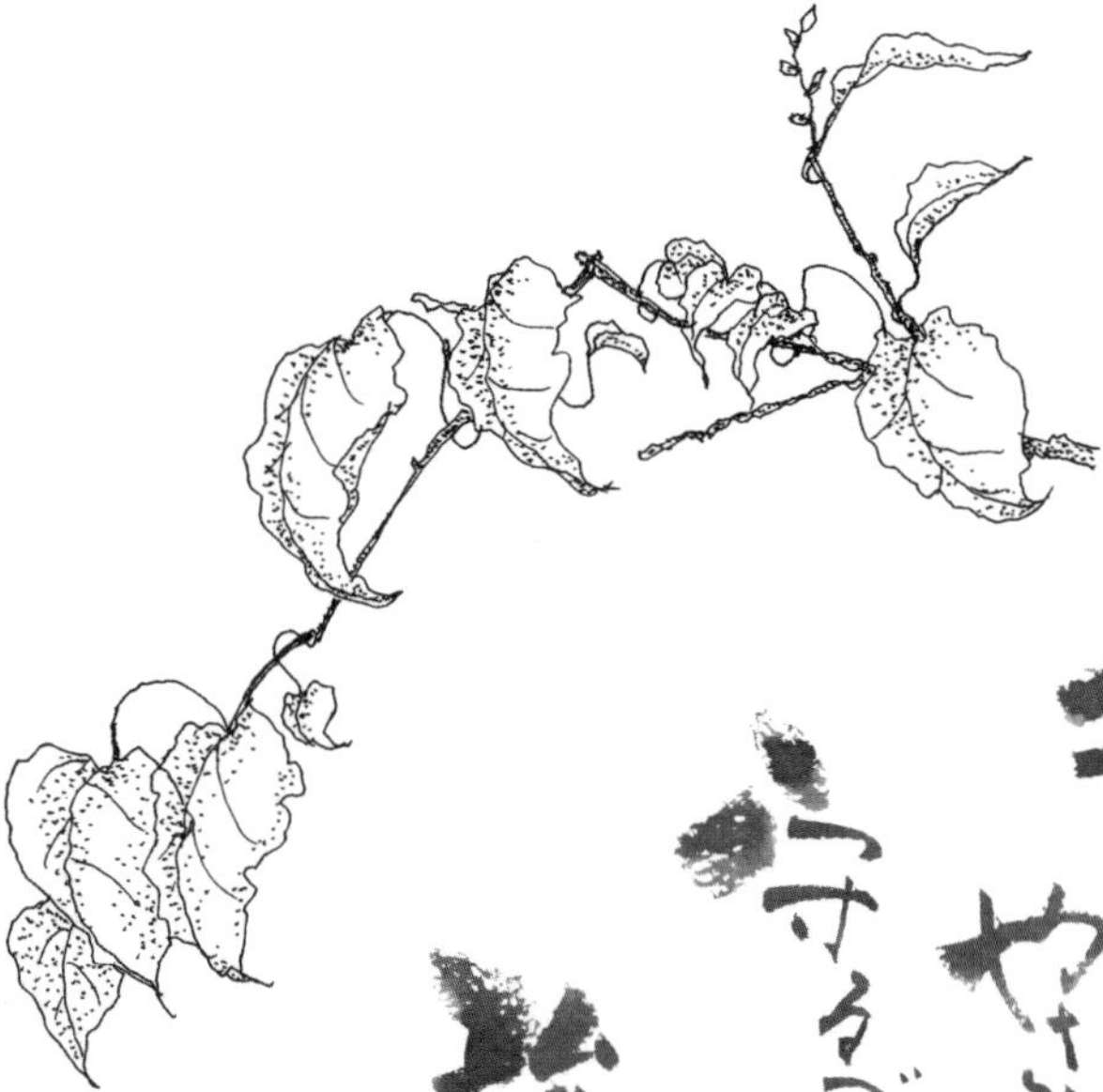

守りたいもののために
やさしくなり
守るべきものの
ために
強くなる

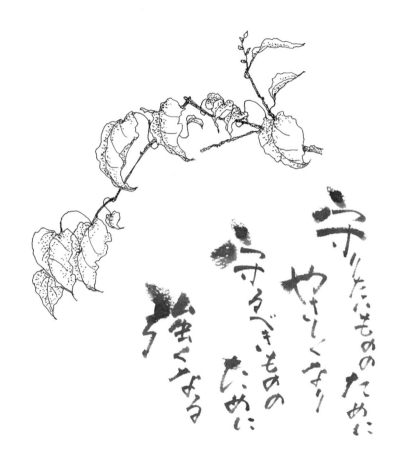

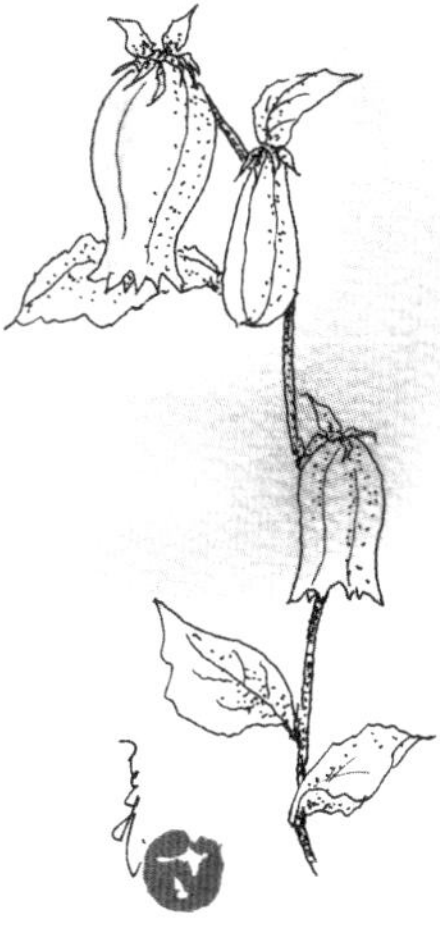

支えたいと思ったとき、
自分がずっと
支えられていたことに
気づくのです

飄々と

無駄もない

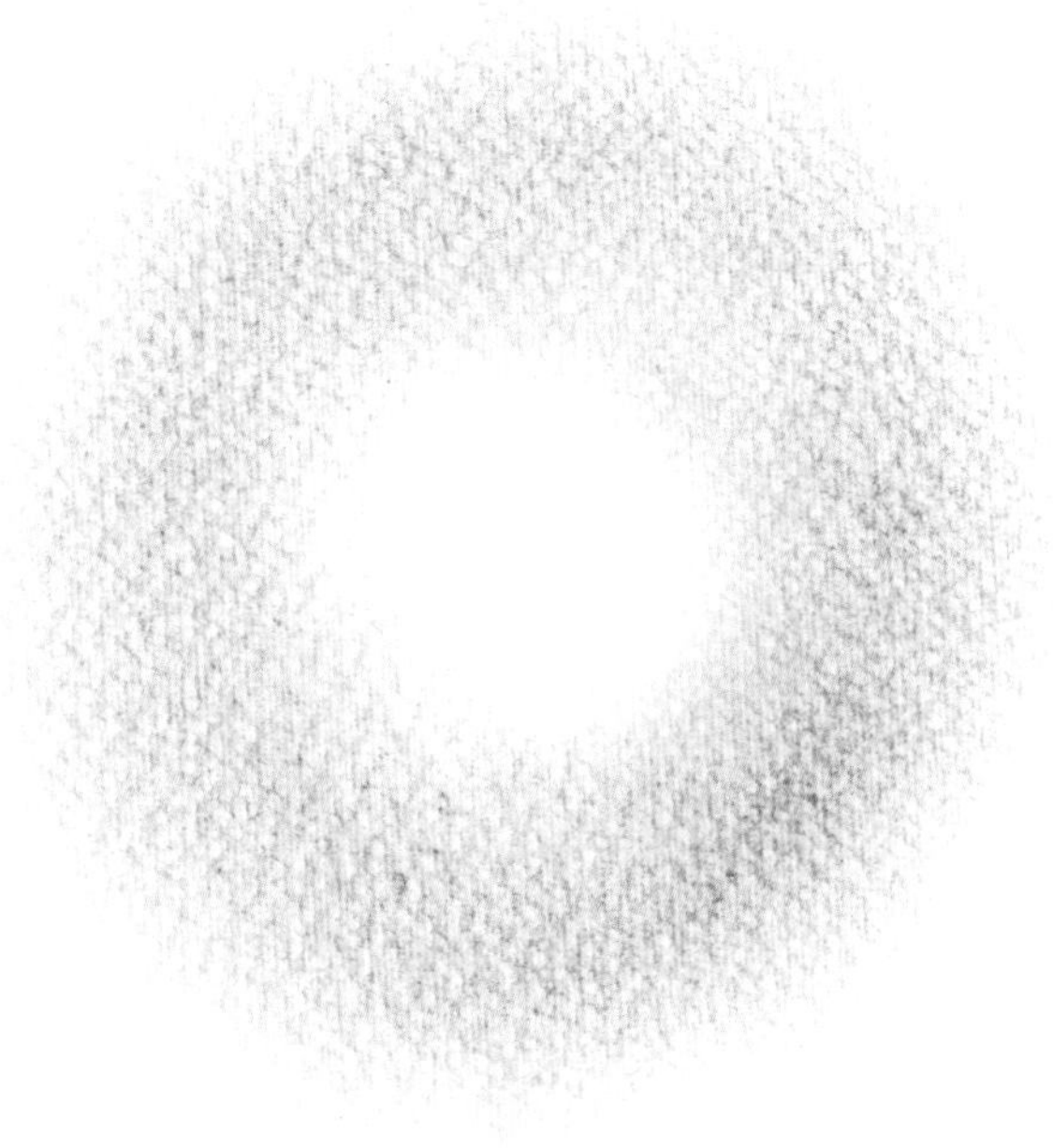

なんにもない

からっぽの
重さ

みつを

正しいことが
すべて
人にやさしいとは
かぎりませんが

人にやさしいことは
ほとんど正しいことの
ような
気がします

だれもがもっと人の役に
立ちたいと
思って生きています
生きているだけで
人の役に立っている
ことに加えて

いっしょに
いられることが
どんなに
かけがえのないことで
あるかを

おしえてくれるのは
セピア色の刻《とき》

つとむ

どうして勉強するのって
聞かれたら
人にやさしくなれるためかなあって
答えます。

だけど
本当のやさしさって
どんなことか　わからないから
一生　勉強は
続くのです。

生きてるって
自分の時間を持ってるって
いうこと
人の役に立つって
その時間を分けてあげると
いうこと

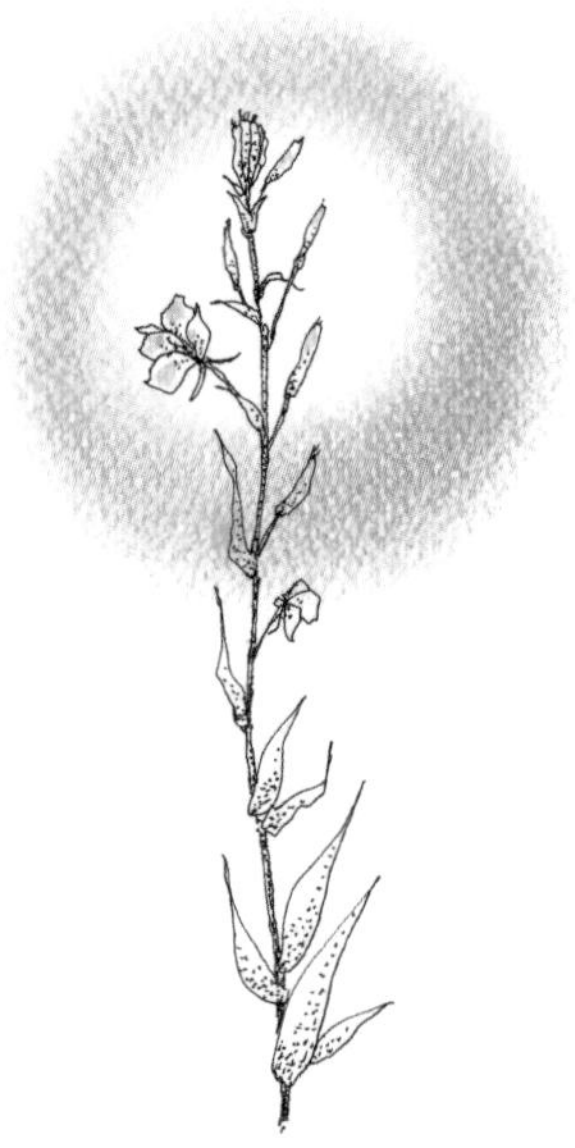

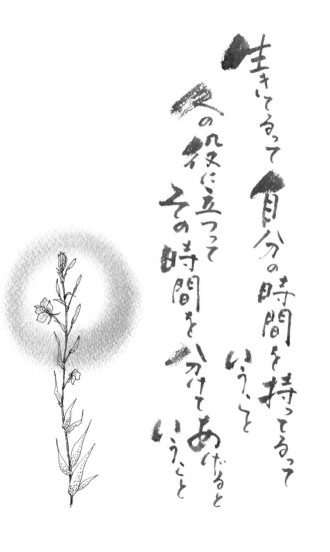

行ってきます。
ただいま。
ことばにならず 心で言う、こともある
小さな決意です。

行ってらっしゃい。
おかえり。
ことばにならず
心で言う、こともある
大きな祈りと感謝です。

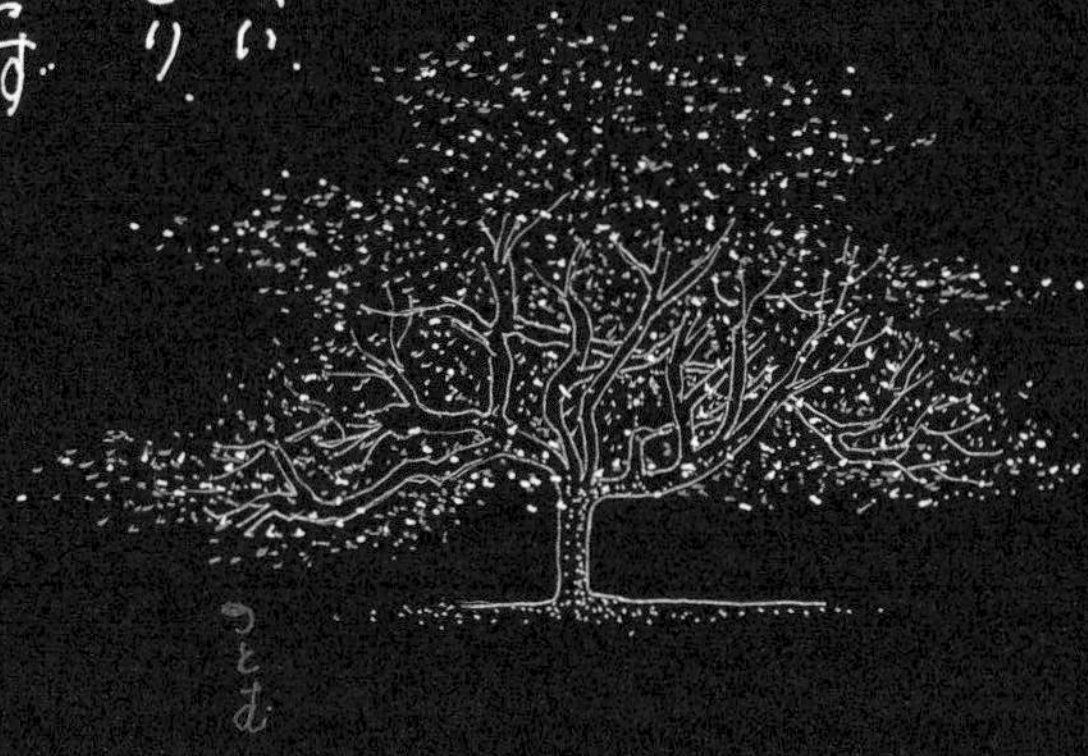

無

ぶきっちょが好き

ほっとできる安心を
愛とよんで
いるのでしょうか

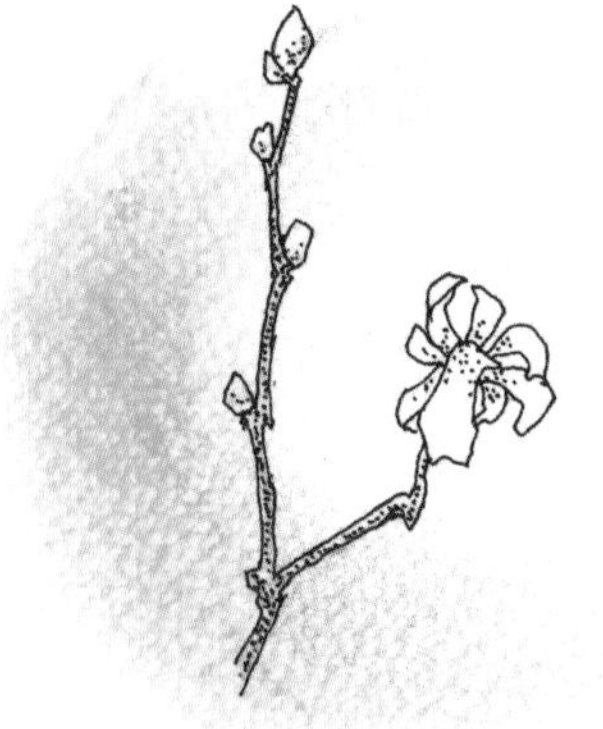

なんてったって人間が好き

ほわっとした
安心につつまれた
愛を
子どもたちは
もとめています.

ぴりっとした
緊張に
くるんで
大人は
それを
与えたくなるのですが.

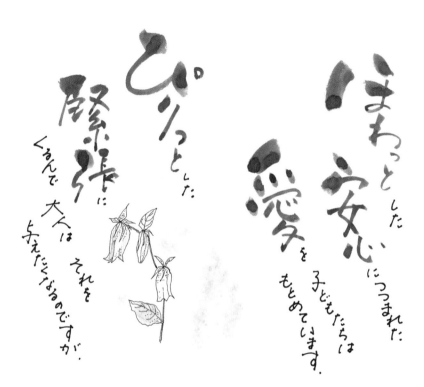

正しいことが
人をきずつけることがあり
まちがったことが
人をやさしくさせることもある

ぼく　なんのために
勉強するのか
知りたいんです。

むずかしい質問じゃな。
わしは やさしさとは何かを考えるためじゃと思う。
生きているものたちへの。
自然に 対しての。
世界に対しての。
地球に 対しての。
そして。自分に対しての。
答えは わからない。
だから考える。
そのことを 勉強と
いうのだと
わしは思う。

ぼく こわいんです。
自分が
毒を持って
生きていること。

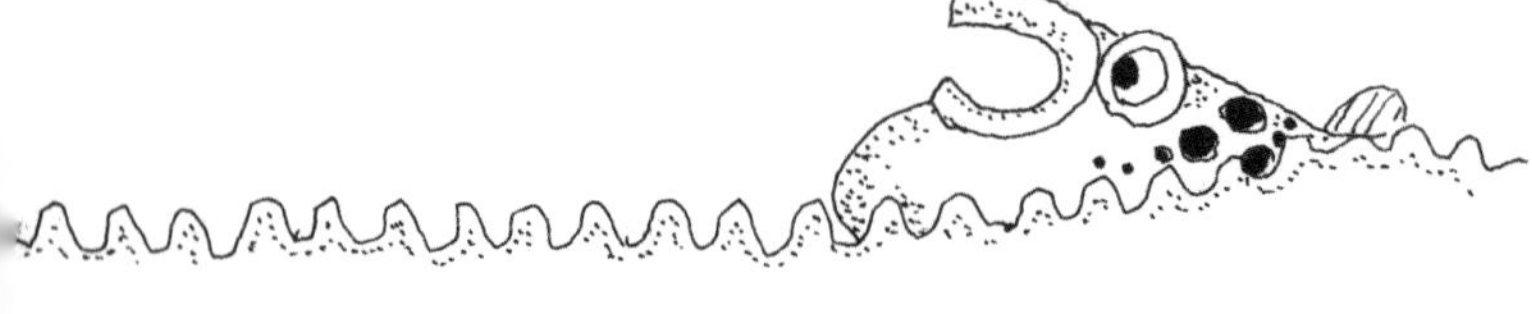

お前だけじゃないよ.
みんな心の中に 気づかぬうちに だれかを苦しめる
小さな毒を持って生きているものだ.

それに気づいて
苦しみながら
みんな生きて
いるんだよ.

子どもらしく
字は はみだすぐらい
大きくかきなさい！
子どもらしく
元気に走り
まわりなさいって
先生 いうけど．

ぼくは大きな字も
走りまわるのも
苦手．

らしく という わくは
らしくないということばで
否定される。
まちがった
生き方のように。でも
らしくない生き方も
すてきだよ。

生き方を
考えろって
いわれるけど
どうやって考えたら
いいのかな.

今日、あのとき
なぜあれをしたのか
なぜしなかったのか。
あの判断が
生き方だったんだよ。
それが将来
したいことと
細い糸でつながってる。
その糸を
人生というのだと
思うよ。

道

求める心

少年の日、
山の向こうに
夢をかなえる場所があると思っていた。

五つの夏

ポンプで水をくみながら
何に泣いたのだろう。
大声で泣いて 息せく感触まで
のどに
残っているのに。
くみあげた水の とび散る 冷たさまで
記憶に 残っているのに。

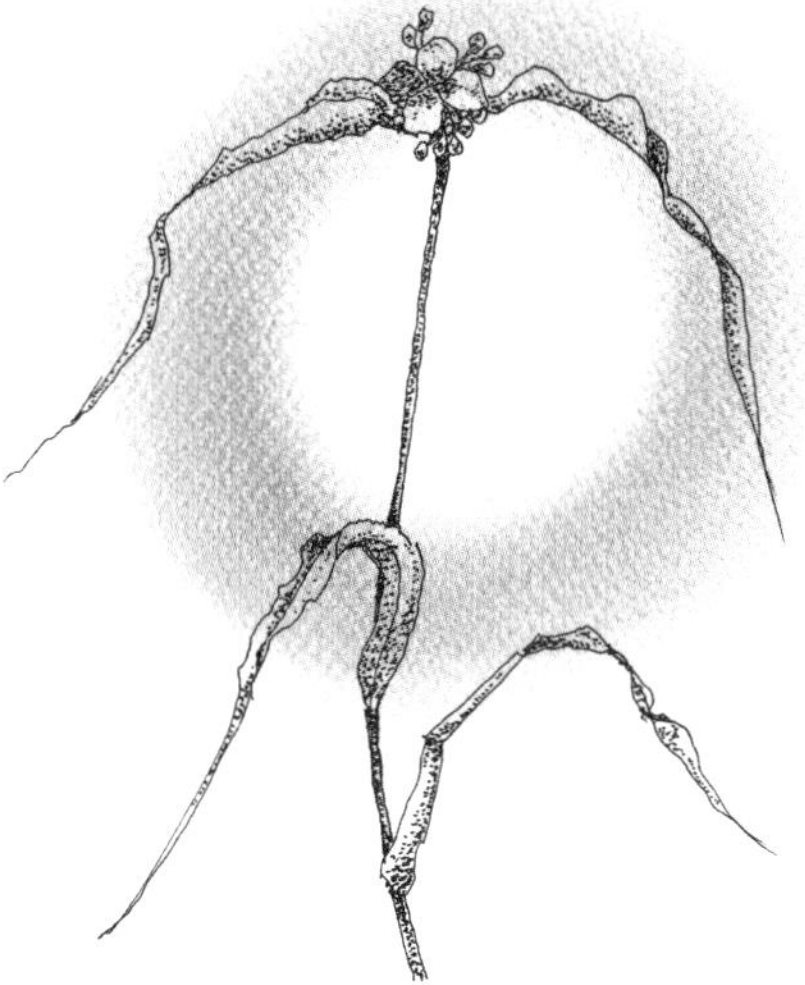

出会ってきた
たくさんの何を忘れて
新しい 何に 今 涙しようと
しているのだろう。

ほわっと
生きたいと
思う

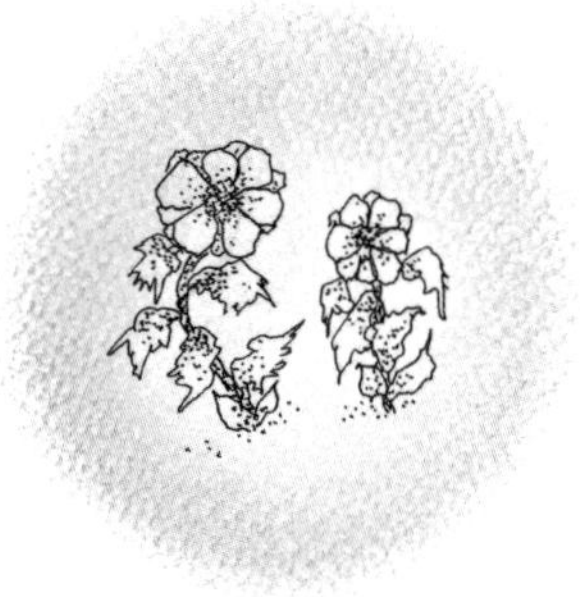

飛び立つ。
すきとおった目で
ほんとうのやさしさを
探しに。

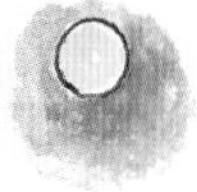

なかみが
からっぽで
あることに
淡々と
している

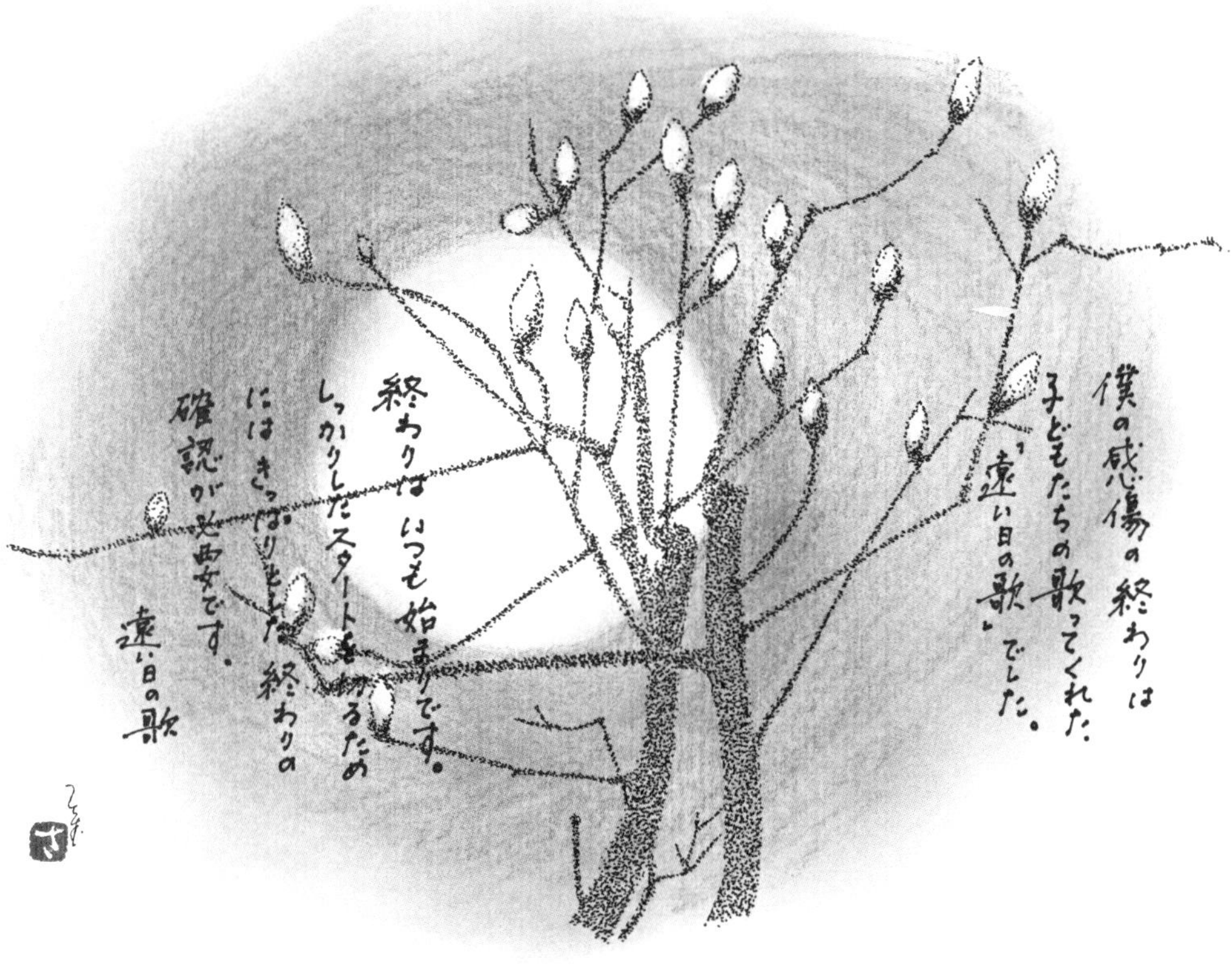
僕の感傷の終わりは
子どもたちの歌ってくれた
「遠い日の歌」でした。
終わりはいつも始まりです。
しっかりしたスタートを切るため
にはきっぱりとした終わりの
確認が必要です。
遠い日の歌

流されるまいと思う
群れるまいと思う

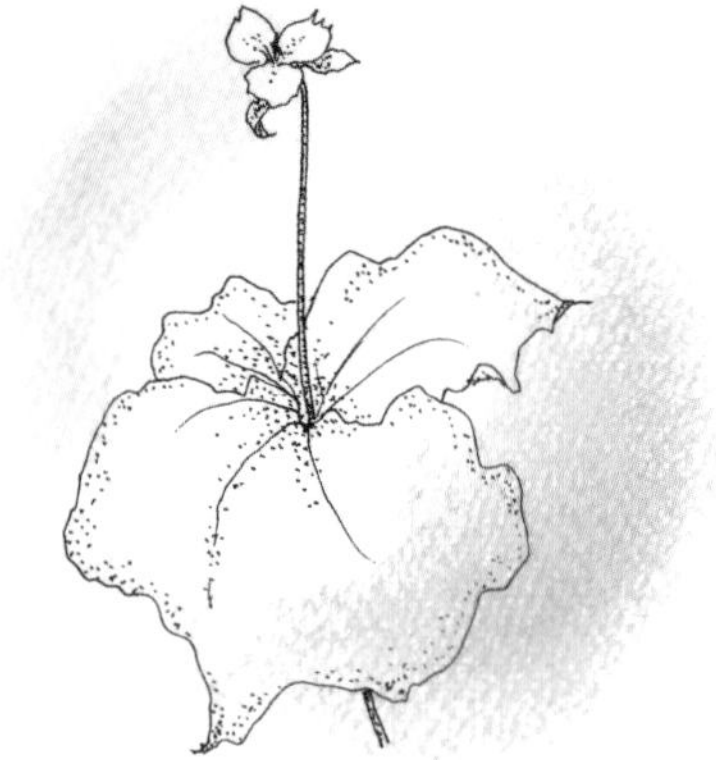

ゆったり
のんびり
道草くって
生きたいな

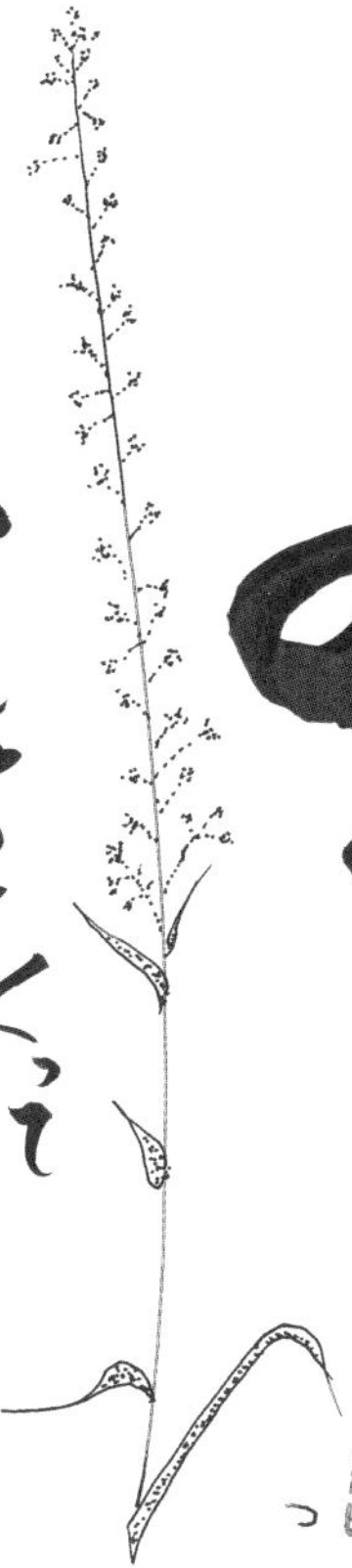

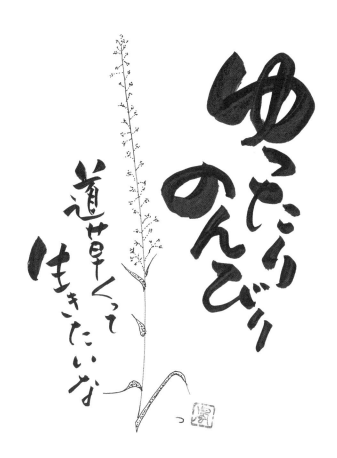

肩にのせていたのは
まわりの人の視線だった
それをおろすと急に楽になった

目を閉じると
より深く ものが
見えることがある

口を閉じると
より深く
語りあえる
ことがある

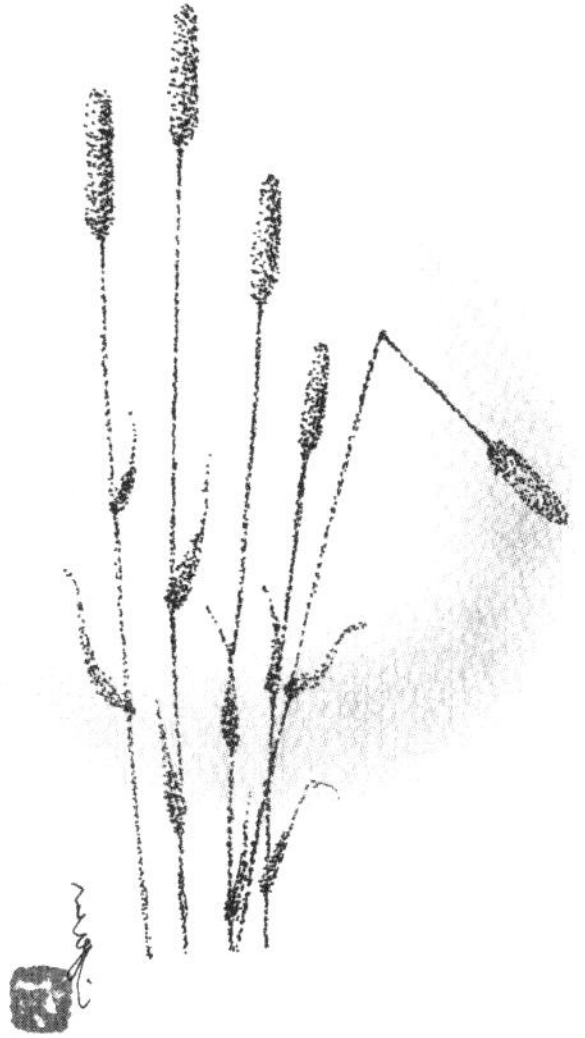

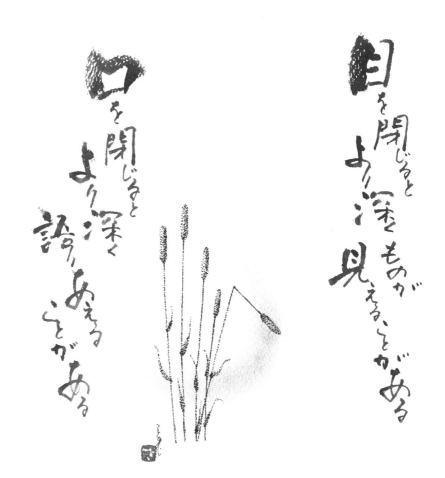

あのころという名の
無人駅に
おりたら
大きく深呼吸を
ひとつして
明日にむかう
鈍行列車に
のる

道草くって
道の幅に
気づきます

まわり道をしたら
いつもと違う景色が
新鮮だった。

こんな小さなくりかえしが
自分を変えるかもしれないと
思えた。

ぼちぼち

つとむ

きのうに変らぬ
きょう
きょうに変らぬ
あした

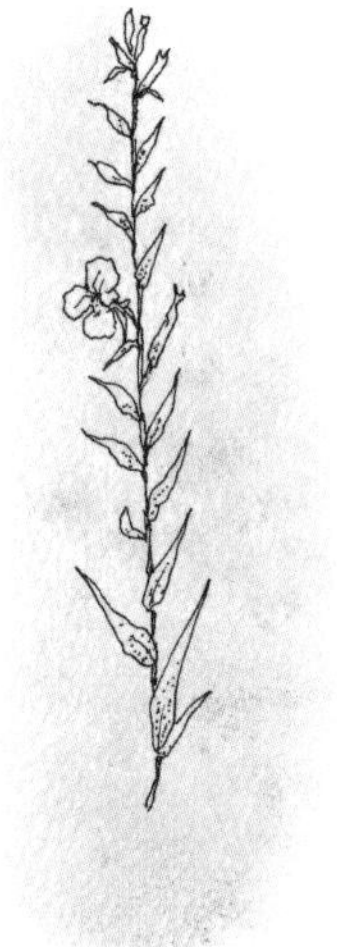

くりかえすことのできる
しあわせ

淡々と

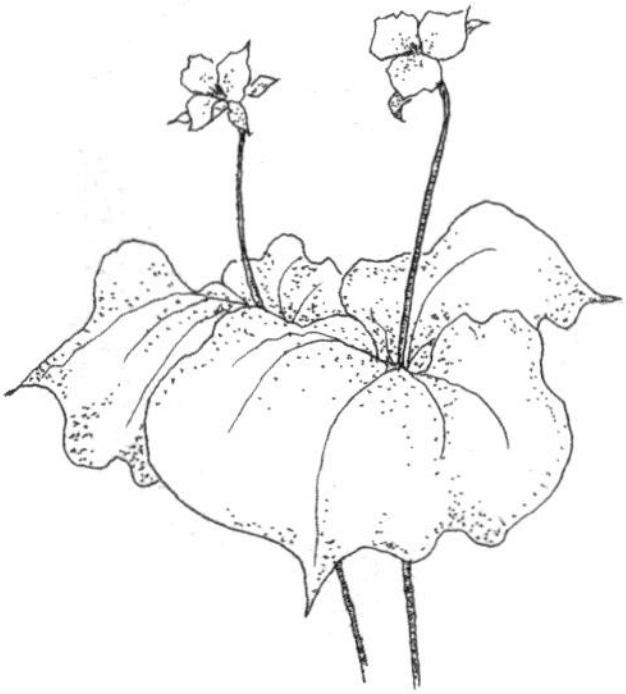

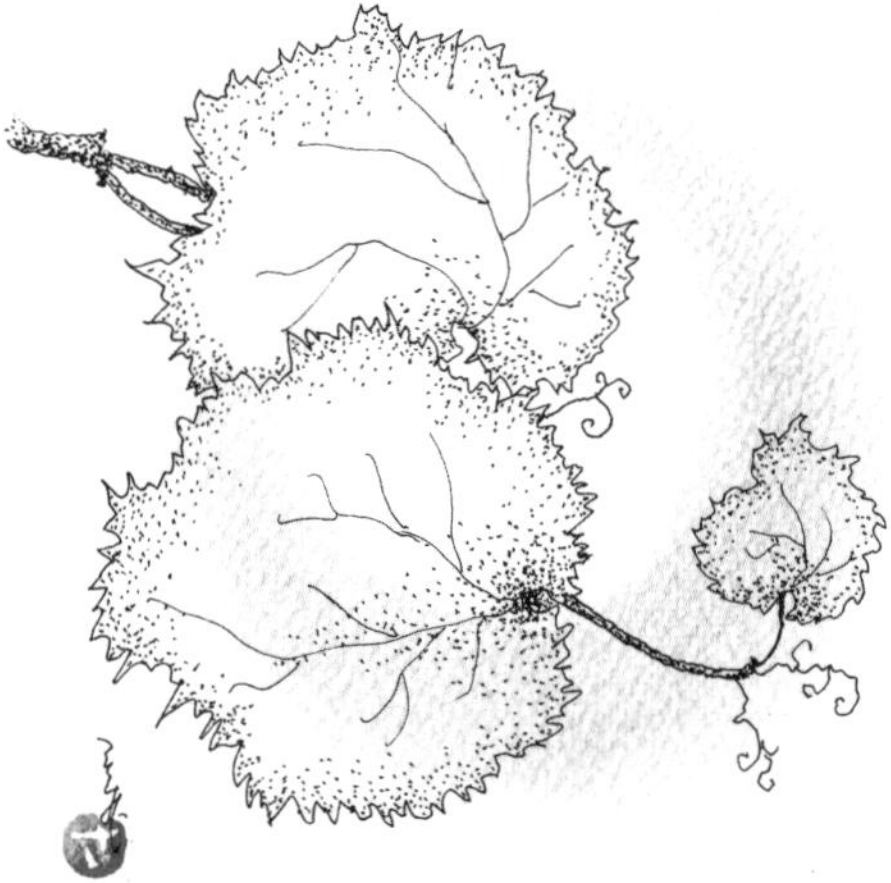

出会いは
不思議の糸が
つむいだ奇跡
いとおしみ
はぐくみたい
偶然

折れて曲ってという
人生も
なかなか
です

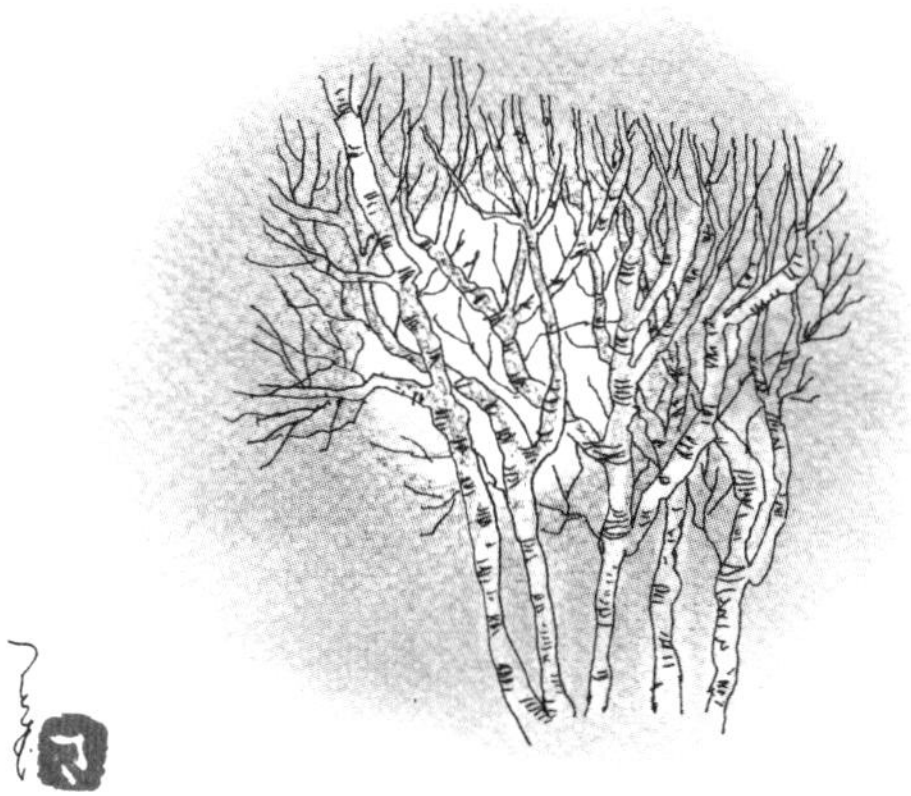

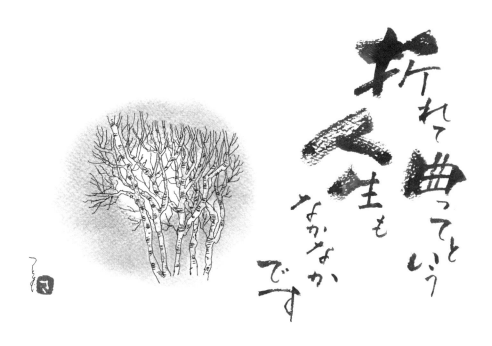

飾りをとる

素

沈黙で語る

沈黙の声を聴く

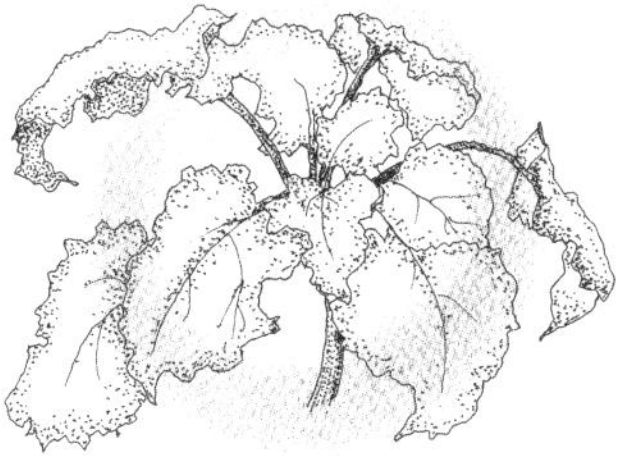

いつか きっと 見つける

探していることにさえ
気づかなかった
思いを

夜汽車の
窓を流れる
山あいの灯に
ふっと

あしたは　もう少し
やさしく　なれそうな
気のする　夕暮れ

夢

諦めない心

いま、
老いてその山の向こうに立ち、
置き忘れた夢に向かって
ゆっくり山を登っている。

ひとつ

少年の日の
夢を
のせた雲が
明日にむかって
ゆっくり
流れてゆく

見上げることを
すっかり
忘れていた
空

少年の日の
あこがれを
つめた
カバンを

無人駅の
ホームで
ひとりで
そっと
あけてみたい

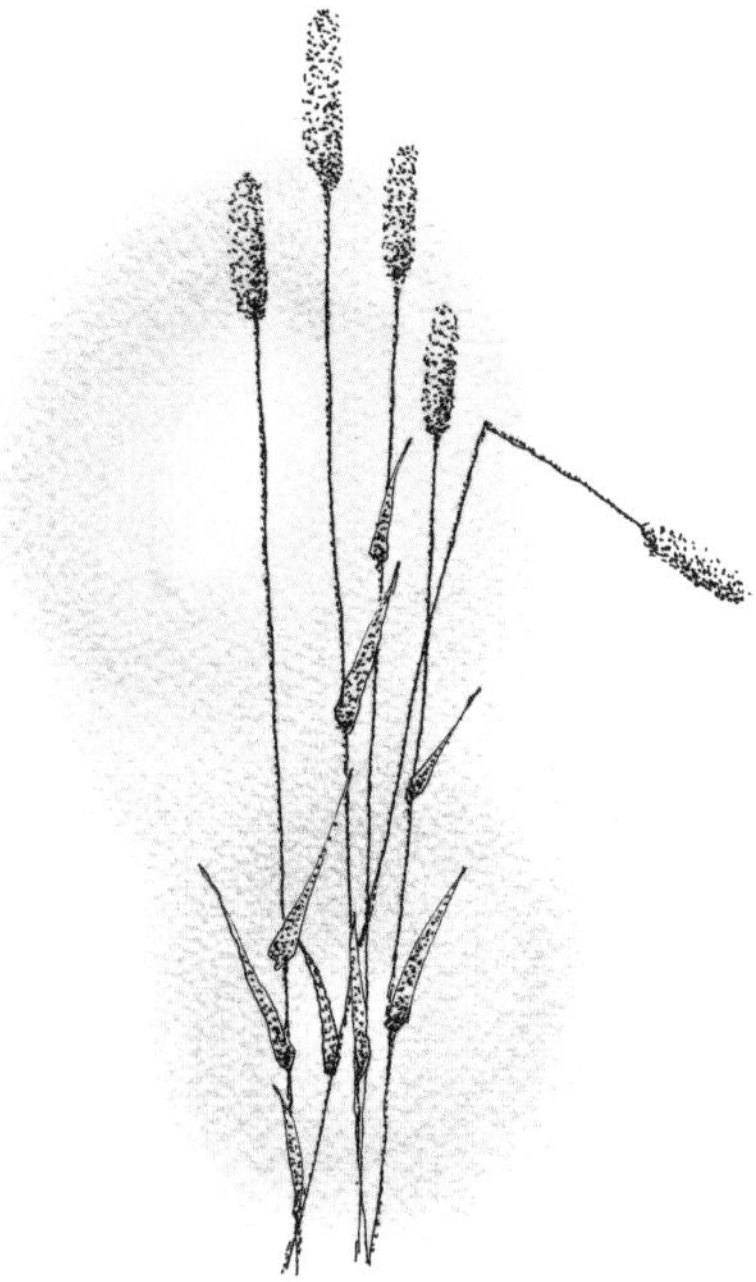

折れて曲ったら
目の位置が変った
これも
なかなか

ありのままに

大樹を支える根

浅いんだなあ
自分の
根っこ

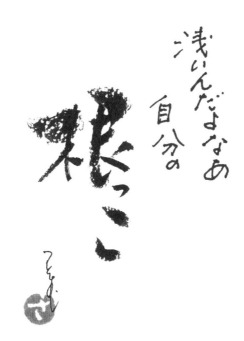

人生は毎日が
たびだち
きのうに変らぬ
きょうの
暮らしの中へ
おさない日の
夢をつめた
カバンを
持って

どうせ自分にはできないと考えると
心が老いる

できないかもしれないけど
やってみようと考えると
心がはずむ

少年の心になる

あしたを
わくわく
待っている
今
あしたこそと

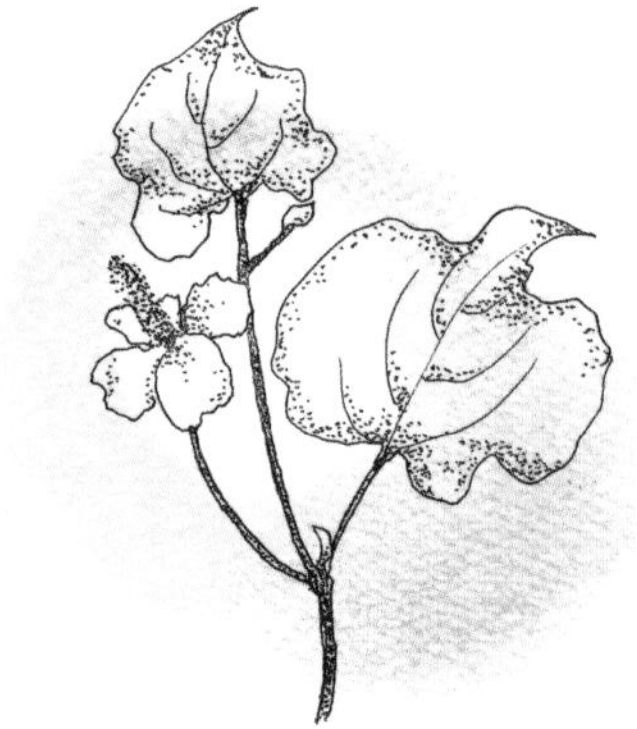

太陽のまぶしさがいい。
静かに降る雨も
どしゃぶりの雨もいい。
吹雪も
凍てつく夜も
星もいい。
けんかもいい。
仲なおりもいい。
おじいちゃんも
赤ちゃんもいい。
そうなんだ。
生きてるってことが
いいんだ。

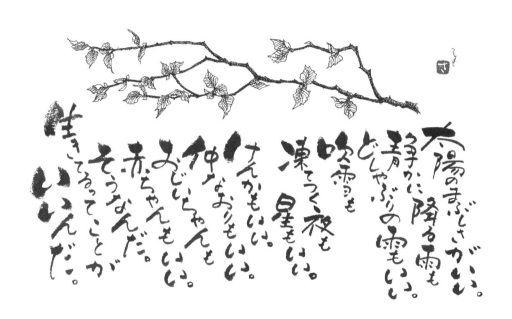

腹の底から
笑って
腹の底から
泣いて
生きたいな

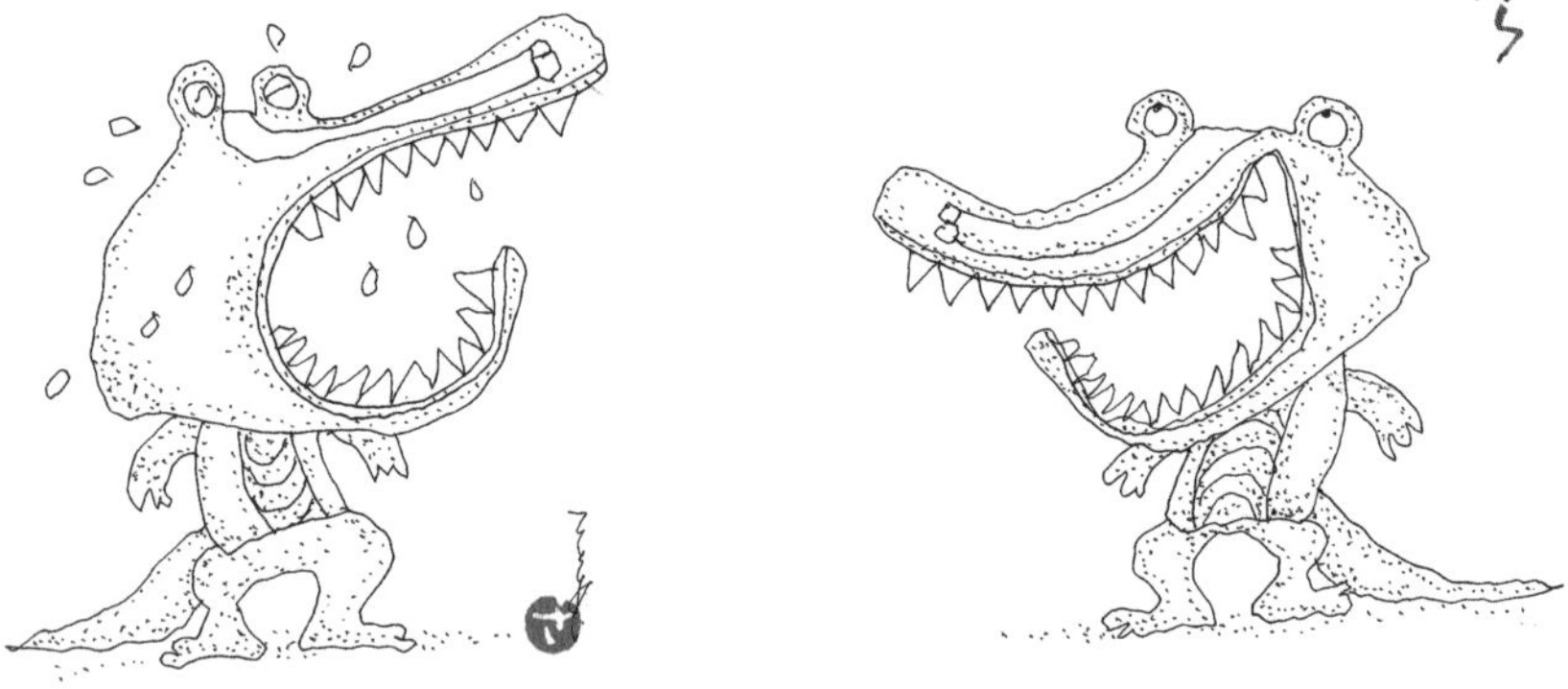

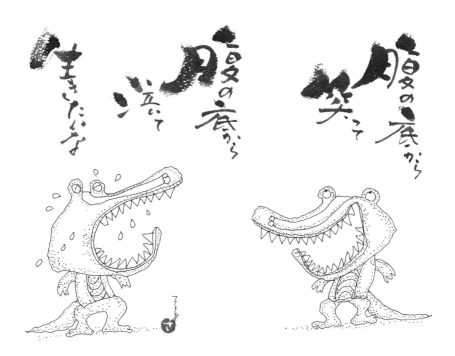

遠い道のはじまりに
いつもあなたはいた

黙って

ペテルギウスは
五百年前の光を
地球に届けているという。

五百年前の
少年の夢に
自分の夢を
重ねたいと思う。

ぼく、相手に
どう思われているか
いつも気になるんです。

それは　いくら考えても答えのない問いだ。
だいじなのは　自分が相手に
どう思われているかではなくて
相手を自分が
どう思っているかと
いうことだよ。

山のあなたの空遠く
さいわいすむと
人の言う

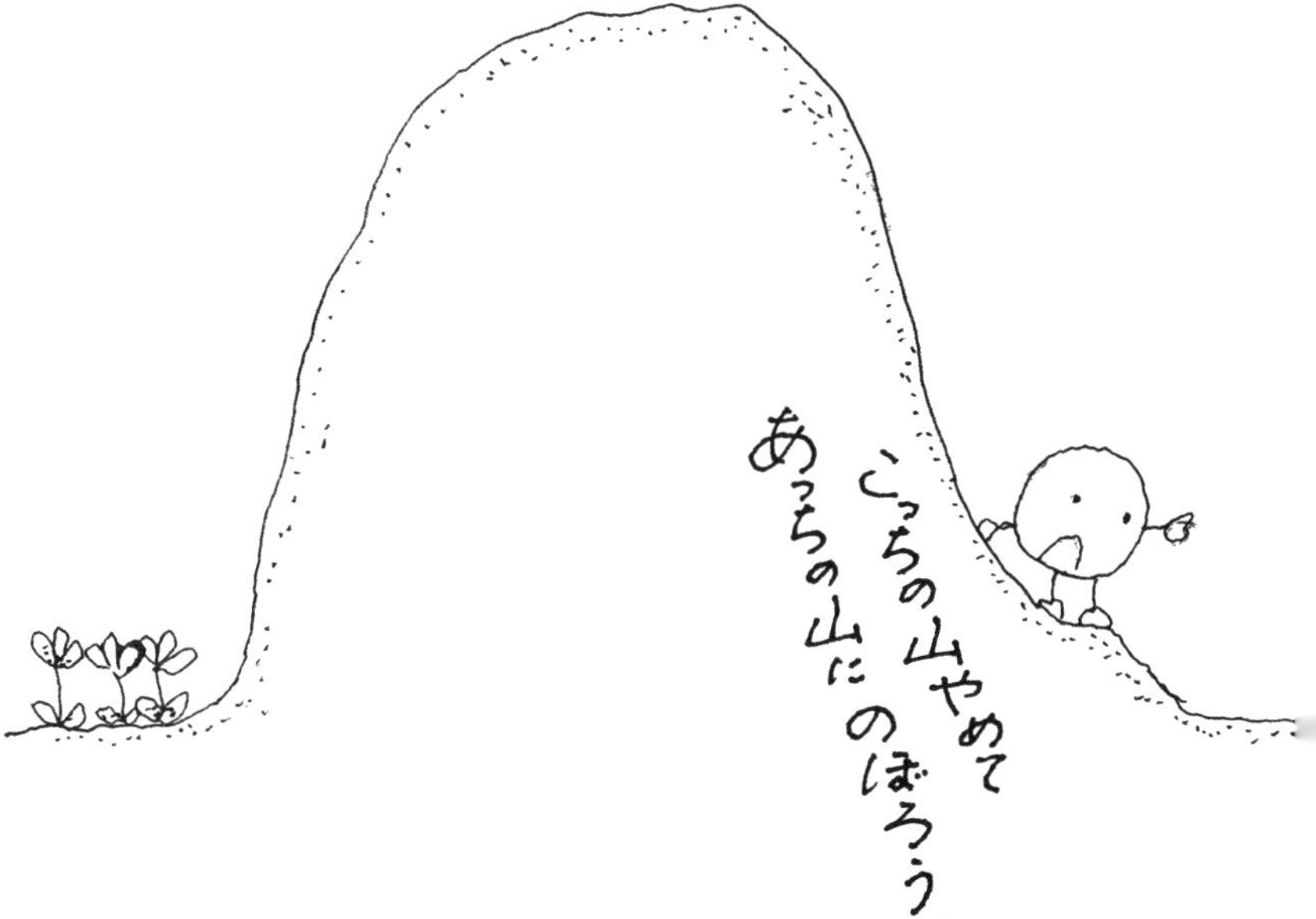
こっちの山やめて
あっちの山にのぼろう.

ぼく ひとりで
生きたいん
です。

群れずに
だれにも
たよらずに
生きたいんだね。

かっこいいよ。
でもね、だれもが
たくさんの
見えない手に
ささえられて
生きてる
んだ。

そうかなあ と
たまに まわりを
見つめてみてね。

ありがとうと言えた、
ありがとうと言われた、
おたがいの心に
ぽっと小さな灯りがともった、

ふしあわせのあとに
くるしあわせを
人は待ってしまいますが
しあわせは

ふしあわせのさなかに芽
ぶいています そして
目を向けてくれる
勇気を待っています

《おっとどっこい》——あとがきに代えて

「おはようございます」

朝、雪かきや庭の草取りをしているとき、家の前を通る見知らぬ人にもあいさつをするのが習慣になっている。

顔見知りの人や子どもたちは、元気にあいさつを返してくれる。だが、転居してきたばかりの人たちからは、ふっと怪訝な顔をされることが多くなった。2回目になると顔を背ける人もいる。そんなときは、次の日からあいさつをやめる。

ある朝だった。何人かの人は、やや不快げに拒絶の表情を見せた。

角を曲がって、ひとりの若者が歩いてきた。初めて出会う人だ。この人にあいさつをして嫌な顔をされたら、見知らぬ人にあいさつするのはもうやめようと思った。

「おはようございます」と僕は言った。

「おはようございます」

顔半分を覆って目だけを出したジャンパーの襟の奥から、

ちょっとくぐもった、でも屈託のない声が返ってきた。

なんだかうれしくなった。

僕は小さく、「ありがとう」と言った。

若者は気づかぬように通り過ぎた。

その日、担当編集者から「作品集の出版が決まりました」という電話があった。良い知らせを、あのあいさつが呼んでくれたのかもしれないと僕は思った。

翌日、同じ時間に若者は現れた。

「おはようございます」

「おはようございます」

昨日と同じ声が返ってきた。

「君があいさつを返してくれたから、昨日いいことがあったよ」

彼は小さく笑って、そのまま黙って通り過ぎた。

翌日、彼は「僕、愛知県から来たんです」とぽつんと言った。

「今日もいいことがあるかもしれない」

僕はそう返した。午後、誕生日のプレゼントが娘から届いた。

それから4日ほど、彼は姿を見せなかった。

5日目、

「子供が産まれて、愛知に帰っていました」

彼は笑顔でそう言った。

「おめでとう。お祝いしなくちゃあね。名前は付けたのかな？」

「はるな、とつけました。太陽の陽に、菜の花の菜です」

僕は、心を込めて色紙を書いた。

陽光きらめき
菜の花　野を染める　新春に
命輝いて
（陽菜ちゃんの誕生を祝って　坂本勤）

そして翌日、

「僕の名前、インターネットで検索してね。怪しいものではないからね」

と伝えて、色紙を渡した。

数日後、

「ホームページ見ました。タマゴマンなんですね」

と彼は笑いながら言った。

「あの色紙を妻に送りました。とても喜んでいました」

もう友人だった。その日の夕食は、僕の大好きな巻き寿司だった。


コロナ禍の中で、日常が失われ、人間関係もうまくいかなくなったという話を聞く。

《おっとどっこい》――「そんな中でも素敵なことは起こるよ」と僕は思うのだ。

僕は、見知らぬ人だった若者の一言で、元気をもらった。そして、「君の言葉で元気をもらったよ」と伝えることもできた。

若者は、自分の普通に発した一言が相手を変えたことにきっと驚き、戸惑ったと思う。でも、言葉の力の重さを実感したのではないかとも思う。


僕は野の草花が好きだ。そのほとんどが雑草と呼ばれている。だが、おっと、よく見ると、とても美しいのだ。踏みつけそうになった時、僕は彼らの小さな声を聴く。そしてうれしくなるのだ。

言葉を発しない動物たちの声も好きだ。こんな顔をしてるけど、きっと心の中ではこんなことを考えているんだと想像するのがうれしいのだ。それが、この画集の作品たちである。

そして、聞かせてもらった言葉のおかげでうれしいことが起こったと、結びつけて考えるのがもっと好きなのだ。

今朝の若者の言葉があったから、家人はいま、チーズとクルミ入りのおいしいパンを焼いてくれている。

退職以来、23回続けてきた「風の詩画展」のまとまりのない作品を、一冊の本にまとめてくださった北海道新聞出版センターの仮屋志郎さん、美しく装丁してくださった江畑菜恵さんに、心から感謝しています。

輝かしい未来を生きる陽菜ちゃんにも、心から。

きっと明日の朝もまた、僕は見知らぬ人に「おはようございます」と声をかける。

坂本　勤

2021年春

文・絵　坂本《さかもと》　勤《つとむ》

詩画作家。一九三七（昭和十二）年、北海道上川町に生まれる。十勝・幕別中学校をふりだしに札幌市内の八条、平岸、美香保、北野中学校などで国語教師として勤務。九七年の退職後は「風の詩画展」を毎年開催するほか「子どもの心を守る」というテーマでの講演や執筆活動を行う。著書に『タマゴマンは中学生 愛蔵版』、『手のひらに流れ星が落ちてきた』（娘・亜樹さんとの共著）、『カワウソから聞いたホントの話』『タマゴマン先生のおかしな動物学校』（いずれも北海道新聞社刊）などがある。

編集
仮屋志郎

章扉切り絵
波佐見亜樹

ブックデザイン
江畑菜恵（es-design）

坂本勤 絵ことば集
おっとどっこい

2021年3月31日　初版第1刷発行

著　者　坂本　勤
発行者　菅原　淳
発行所　北海道新聞社
〒060-8711　札幌市中央区大通西3丁目6
出版センター（編集）電話 011-210-5742
（営業）電話 011-210-5744

印刷所　株式会社アイワード

乱丁・落丁本は出版センター（営業）にご連絡くだされば
お取り換えいたします。
ISBN978-4-86721-019-2

TAMAGOMAN
坂本 勤
SAKAMOTO Tsutomu
待望のコンプリート版
坂本先生のすべてが詰まった528ページの感動巨編!!
カバーの折り返しを開くと坂本先生最後の国語通信が読めます。
初版限定特典
著者直筆イラスト入りしおり付き
タマゴマンは中学生
【愛蔵版】
●入学編
●自立編
●卒業編
北海道新聞社